凤/鸣/丛/书

杨立平 徐剑东 ◎ 主编
张邦卫 吴利民 ◎ 执行主编

图像、文字文本与灵视诗学
——布莱克兰贝斯时期作品研究

林晓筱 ◎ 著

中国社会科学出版社

图书在版编目(CIP)数据

图像、文字文本与灵视诗学:布莱克兰贝斯时期作品研究/林晓筱著.
—北京:中国社会科学出版社,2018.1
(凤鸣丛书)
ISBN 978-7-5161-9649-6

Ⅰ.①图… Ⅱ.①林… Ⅲ.①英国文学—文学研究—近代
Ⅳ.①I561.06

中国版本图书馆 CIP 数据核字(2016)第 320638 号

出 版 人	赵剑英
责任编辑	熊 瑞
责任校对	王 龙
责任印制	戴 宽

出 版	中国社会科学出版社
社 址	北京鼓楼西大街甲 158 号
邮 编	100720
网 址	http://www.csspw.cn
发 行 部	010-84083685
门 市 部	010-84029450
经 销	新华书店及其他书店

印 刷	北京明恒达印务有限公司
装 订	廊坊市广阳区广增装订厂
版 次	2018 年 1 月第 1 版
印 次	2018 年 1 月第 1 次印刷

开 本	710×1000 1/16
印 张	10.5
插 页	2
字 数	153 千字
定 价	48.00 元

凡购买中国社会科学出版社图书,如有质量问题请与本社营销中心联系调换
电话:010-84083683
版权所有 侵权必究

凤鸣丛书编委会

学术支持
  浙江传媒学院文学院
  浙江省桐乡市文化广电新闻出版局
  浙江传媒学院茅盾研究中心
  浙江传媒学院网络文学创作与研究中心

主　编
  杨立平　徐剑东
执行主编
  张邦卫　吴利民
副 主 编
  赵思运　吴赟娇

谱博雅诗篇　迎凤凰涅槃

——凤鸣丛书总序

　　大雅今朝，凤鸣桐乡。我们的灵魂在倾听：文化创造的源泉在充分涌流，民族文化创造的活力在持续迸发，中华民族文化复兴的脚步，近了！

　　2016年5月17日，习近平总书记在哲学社会科学工作座谈会上的讲话中指出："坚持和发展中国特色社会主义，统筹推进'五位一体'总体布局和协调推进'四个全面'战略布局，实现'两个一百年'奋斗目标、实现中华民族伟大复兴的中国梦，我国哲学社会科学可以也应该大有作为。"为了迎接中华民族新一轮凤凰涅槃，浙江传媒学院文学院、桐乡市文化广电新闻出版局联袂奉献"凤鸣丛书"，作为我们的献礼！

　　"凤鸣丛书"作为浙江传媒学院文学院的最新学术成果和创作成果，是浙江传媒学院博雅学术在人文积淀厚实的桐乡文化土壤中绽放的文明之花。风雅桐乡，人杰地灵，曾经涌现了一大批文化名人，如朱子学家张履祥、学者吕留良、廉吏严辰、太虚大师、文学巨匠茅盾、艺术巨匠丰子恺、艺术大师木心、摄影大师徐肖冰、篆刻大师钱君匋、漫画大师沈伯尘、编辑家沈苇窗、出版家陆费逵、著名画家吴蓬、著名新闻工作者金仲华、著名女将军张琴秋等。这些文化名人，构成了桐乡的"城市符号"，凝聚成桐乡文化的"魂"。桐乡的优秀文化传统，理所当然地成为浙江传媒学院丰富的学术资源和教育资源，同时，也滋养了浙江传媒学院学子的精神文化肌理。

文学院是浙江传媒学院设立最早、办学历史最久的院部之一，拥有戏剧影视文学、汉语言文学、汉语国际教育、秘书学4个本科专业及戏剧影视文学（编剧与策划）、汉语言文学（涉外文秘）2个本科专业方向。现有浙江省"十一五"重点学科戏剧戏曲学，"十二五"省重点学科戏剧与影视学（戏剧戏曲学方向），"十三五"省一流学科戏剧与影视学（影视艺术理论与批评方向、影视编剧与创作方向）；"十二五"校级重点学科中国语言文学（文化与传播），"十三五"校级一流培育学科中国语言文学和艺术学理论。戏剧影视文学是浙江省重点专业和浙江省新兴特色专业。中国语言文学大类是校级重点专业。文学院现拥有省级研究基地"浙江省非物质文化遗产研究基地"。学院学术实力强，科研成果丰富，近年来承担了国家级项目10余项、省部级项目50余项、厅局级项目60余项，各级教改项目近20余项；出版学术专著40余部、文学作品10余部。学院教学水平高，育人业绩好。文学院学生近年在柏林华语电影节、威尼斯电影节"青年电影人培养计划"、全球华语大学生短诗大赛等国际赛事以及北京大学生电影节、环保部剧本征集、全国大学生征文大赛等国家级、省部级大赛中获奖30多项。

浙江传媒学院非常重视政产学研合作。近年来，由文学院自主创作的影视剧《明月前身》、《盖世武生》、《孝女曹娥》、《长生殿》、《梦寻》、《七把枪》等已在中央电视台播出。为了促进政产学研全方位深度合作，文学院成功申报了两个校级研究机构：茅盾研究中心和网络文学研究与创作中心，凝练了茅盾研究团队、木心研究团队、网络文学研究与创作团队、张元济影视剧创作团队等，展开了大量务实工作。"凤鸣丛书"即是文学院在桐乡文化土壤深耕细作收获的第一批文化作物。第一辑包括《茅盾研究年鉴（2014—2015）》、《媒体化语境下新世纪文学的转型研究》、《艺术现代性与当代审美话语转型》、《百年汉诗史案研究》、《汉语饮食词汇研究》、《图像、文字文本与灵视诗学》、《唐代园林与文学之关系研究》。茅盾是我国现代文学史上杰出的作家、文艺理论家、文学翻译家，是我国现代进步文化的先驱者、中国革命文艺的奠基人，茅盾研究已经成为中国现当代文学的显学。浙江传媒学院茅盾研究中心作为茅盾研究的重要阵地，编撰的《茅盾研究年鉴》已经连续出版4年，今后还会持续下去。木心作为中国当代文学大师、诗人、画家，在台湾和纽约华人圈被视为深解中国传统文化的精英和传奇人物，一直是浙江传媒学院和桐乡市学者的用心之处，木心研究成果理所当然将是"凤鸣丛书"持续关注的对象。

2014年5月4日，习近平总书记在同北京大学师生座谈时指出："人类社会发展的历史表明，对一个民族、一个国家来说，最持久、最深层的力量是全社会共同认可的核心价值观。核心价值观，承载着一个民族、一个国家的精神追求，体现着一个社会评判是非曲直的价值标准。"习近平总书记还指出："中华文明绵延数千年，有其独特的价值体系。中华优秀传统文化已经成为中华民族的基因，植根在中国人内心，潜移默化影响着中国人的思想方式和行为方式。今天，我们提倡和弘扬社会主义核心价值观，必须从中汲取丰富营养，否则就不会有生命力和影响力。"培育和弘扬社会主义核心价值观，必须立足中华优秀传统文化。"凤鸣丛书"将致力于优秀传统文化的挖掘以及文艺精品的创作，为"中国梦"的实现提供文化自信力。我们将关注昆曲剧本、动画片剧本、张元济影视剧本、杭嘉湖文艺精品等，策划更多创作活动，去讴歌桐乡、讴歌杭嘉湖、讴歌浙江省21世纪的新面貌，坚守我们的核心价值体系和核心价值观，利用好中华优秀传统文化蕴含的丰富的思想道德资源，使其成为涵养社会主义核心价值观的重要源泉。

正如木心在《诗经演》里写道："遵彼乌镇。迥其条肄。既见旧里。不我遐弃。"桐乡文化是常新的，游子木心把她视为自己的精神归宿。同时，桐乡又是中华文明的一个美丽缩影，博大精深的中华文明乃是中国人的安身立命之所。置身于桐乡大地上，我们感同身受，瞩目着中华文明孕育的新一轮凤凰涅槃。黎明正喷薄而出，我们正跨步在金光大道上！

凤鸣丛书编委会
2017年春

目　录

导论 …………………………………………………………………（1）

第一章　布莱克的图像诗学 ……………………………………（21）
一　布莱克诗学中的视觉构成 …………………………………（21）
二　布莱克诗学的视觉特征 ……………………………………（25）
三　视觉特征与想象力 …………………………………………（28）

第二章　文字和图像的对立关系 ………………………………（34）
一　对立面的特征 ………………………………………………（35）
二　对立面的内涵 ………………………………………………（40）
三　对立面的表现 ………………………………………………（47）

第三章　文字与图像的生成 ……………………………………（52）
一　布莱克眼与诗画"姐妹艺术" ………………………………（53）
二　文字与图像的生成模式 ……………………………………（63）
三　文字和图像的显现过程 ……………………………………（68）

第四章　文字、图像与想象力 …………………………………（72）
一　想象力的显现功能 …………………………………………（72）
二　想象力的创造功能 …………………………………………（83）
三　想象力的展现 ………………………………………………（88）

第五章 文字、图像与"灵视"显现 ……………………………（103）
　一　"天真"与"梦境":图像中的图像 ……………………（104）
　二　"经验"与"负担":图像与图像之间的互文关系 ………（107）
　三　布莱克象征体系中的老虎 ……………………………（112）

结语 …………………………………………………………………（143）
参考文献 ……………………………………………………………（150）
后记 …………………………………………………………………（157）

导　　论

　　1789年秋天，诗人威廉·布莱克（William Blake，1757—1827）一家迁往兰贝斯（Lambeth）地区居住，随后在此地共生活了10年。在这10年里，欧洲经历了风起云涌的革命运动，政治和社会格局发生了重大变化。英国本土则爆发了激进派运动（布莱克曾参与其中），海外的北美殖民地宣告独立。外部社会的激烈变革对布莱克的创作产生了深远的影响。布莱克这一时期的创作为其整体创作奠定了基础，是研究其独特的诗画结合创作和神话体系的重要环节。

　　布莱克这一时期的作品主要包括《天堂与地狱的婚姻》（1790）、《阿尔比恩女儿们的幻象》（1793）、《美国：一则预言》（1793）、《欧洲：一则预言》（1794）、《由理生第一书》（1794）、《经验之歌》（1794）、《阿哈尼亚之书》（1795）、《罗斯之书》（1795），以及《罗斯之歌》（1795）等在内的12部重要作品。① 编者往往将布莱克这一时期的作品称为"兰贝斯系列作品"（Lambeth Books）。其中，《美国：一则预言》、《欧洲：一则预言》和《罗斯之歌》描绘的是布莱克对美洲、欧洲、亚

---

① 布莱克的权威传记作家本特利（G. E. Bentley Jr）在布莱克的传记《天堂陌客》（*The Stranger from Paradise*）中指出，布莱克这一时期的作品在卷首都印有"兰贝斯，威廉·布莱克印"字样，除了上述作品外，还包括《为孩子所作：天堂之门》（1793年5月17日）、《控告者》（1793年6月5日）、《致公众》（1793年10月10日）。此外，本特利特别指出，虽然《阿尔比恩女儿们的幻象》、《天堂与地狱的婚姻》，以及《天真之歌》尽管在卷首没有印有特别的标记，其实也应该归入"兰贝斯之书"当中。

· 1 ·

洲和非洲的想象性预言，故这三部书又被称为"大陆预言书"（Continental Prophecies）。本书关注的重点是布莱克这一时期作品当中"诗歌"和"插图"的诗学表达，而包括大陆预言书在内的几部叙事诗已包含了布莱克自创的象征体系，如若加入本书探讨的范围，则容易偏离主题。因此，本书将重点探讨布莱克兰贝斯时期的一系列抒情诗和哲理诗，其中包括《没有一种自然宗教》、《所有宗教同出一源》、《天堂与地狱的婚姻》、《经验之歌》和《天真之歌》。这几部作品加在一起，能够成为一个较为完整的研究体系。

本书重点研究的文本是"插图书"（Illuminated Books）。由于研究对象的特殊性，首先需对这种文本形式做一番考据，从而界定出本书所要着重关注的文本构成。"插图书"始于布莱克本人的描述，最早见于1793年《天真与经验之歌》的题记处："插图书是彩色印刷书籍。"[①] 但这一称呼未能标明具体的组成成分。而在批评家眼中，插图书通常被称为"文本和图画"、"图像设计和诗歌"[②]，或者"文本和图像设计的结合"[③] 等。从批评的角度来看，研究者倾向于将插图书当成两个独立的文本组合对待，而笔者认为我们可以进一步将插图书的内容细化为三个部分：插图中的诗歌文字文本、插图中的绘画图像文本，以及介于文字和图像之间的雕版字体。

学界对布莱克的评述自布莱克去世起距今已有近200年的时间。就本书论述的主题而言，西方学界对于布莱克"诗画"创作特色的集中研究始于20世纪80年代。英国文学核心研究期刊《浪漫主义研究》（Studies in Romanticism）为回顾过去40多年来该领域的研究成果，特意于2002年对莫里斯·伊福斯（Morris Eaves）、罗伯特·N. 艾斯科（Robert N. Essick）和约瑟夫·威斯考密（Joseph Viscomi）这三位布莱

[①] David V. Erdman, *The Illuminated Blake: All of William Blake's Illuminated Works with a Plate-by-Plate Commentary*, 1992, p. 16.

[②] Michael Cohen, *Engaging English Art: Entering the Work in Two Centuries of English Painting and Poetry*, University of Alabama Press, 1987, p. 65.

[③] David Bindman, *Blake as an Artist*, E. P. Dutton, 1977, p. 43.

克研究专家进行了专访。① 组织者主要围绕着过去近 20 年的时间里（1980—2000 年）布莱克研究的状况进行提问，从采访的内容来看，尽管三位专家在一些问题上存在些许争议，但一致认为在过去的 20 年里，布莱克研究呈现出以下两种趋势。

第一，研究技术的革新促进了布莱克研究，并引领布莱克图像文本的研究进入了一个全新的时代。整个 20 世纪 90 年代被布莱克研究界称为"复刻布莱克作品的黄金年代"。研究者通过技术手段复原、复制了大批布莱克的画作，以此替代了先前通行于布莱克研究中较为劣质的作品。得益于此，研究者发现了先前画作中被忽视的细节，这些细节不但非常重要，而且也自行论证了先前研究中的一些假设。维斯考密甚至利用当代模拟雕刻技术，亲自对布莱克的整个雕版工艺进行了尝试，继而发现了布莱克的作品之间存在于雕版字体上的关联。通过大批学者的努力，布莱克最为清晰、完整的图像目录得以制定成型。此外，布莱克作为画家和雕刻家的技艺也得到了学者们的充分阐述和肯定。

第二，由于有了统一、权威的布莱克研究图像集，布莱克的研究开始趋于学科间的融合。学界开始意识到："阅读布莱克的艺术作品已不能停留在将他的图像翻译成文本，并对这种转换进行阐释的阶段。"② 艺术史研究专家开始系统地关注布莱克的图像创作。而在传统的布莱克研究领域内部，大卫·V. 厄德曼（David V Erdman）所倡导的"文化—历史语境"异军突起，引领布莱克研究的学术潮流向宗教、政治、社会这三个语境突进，并取得了相当丰富的成果。在此前提下，罗伯特·N. 艾斯科甚至展望接下来的布莱克研究将继续沿着厄德曼所引领的潮流向前发展，并在这个过程中加入对布莱克画作制作过程（如雕版技艺、印刷工艺、书法艺术等）、图像构成等要素的研究，从而呈现出一个综合研究的态势。③

---

① Kari Kraus, Morris Eaves, Robert N. Essick and Joseph Viscomi, "'Once Only Imagined': An Interview with Morris Eaves, Robert N. Essick, and Joseph Viscomi", *Studies in Romanticism*, Vol. 41, No. 2, 2002, pp. 143–199.
② Ibid., p. 147.
③ Ibid., p. 146.

除了这三位学者之外，米切尔（W. J. T. Mitchell）在《危险的布莱克》（Dangerous Blake）一文中也表示布莱克研究经历了三个阶段：第一，布莱克资料的整理和呈现阶段。这个阶段主要出自私人的业余研究，将布莱克塑造成了家庭手工业主和某种精神的象征。第二，作家对布莱克作品的阐释和解读阶段。第三，系统学术研究阶段。米切尔指出，在经历了这三个阶段之后，布莱克研究将迎来第四个阶段，这个阶段将以布莱克的图像研究为主要特征。①

以上种种迹象表明，学界对布莱克的研究到了20世纪80年代已进入了一个全新的时代，学者们关注的重点开始集中在布莱克的图像研究方面。但笔者认为，技术的革新诚然是其中一个重要的促进因素，但这种影响只是外因。学界对布莱克图像的研究其实一直贯穿于整个研究的过程中。因此，笔者认为有必要对布莱克图像和文本关系的研究做一番系统梳理。

在布莱克生活的年代里，他主要以绘画和雕版作品为生。在大众眼中，他就是一名画家，很少有人肯定他的诗作。他的同代人对他作品的论述主要集中在绘画和雕版技艺上，几乎没有人关注到他的诗歌创作。据资料显示，布莱克的诗歌进入公众视野得益于朋友B. H. 莫尔金（B. H. Malkin）的帮助。莫尔金于1806年出版了名为《父对子的回忆录》（Father's Memoirs of His Child）的选集，其中收入了布莱克的《诗歌素描》、《天真之歌》、《经验之歌》中的几首诗作。在这部选集出版之后，布莱克的诗作受到了一片指责。其中有一篇评论这样写道："他被誉为兼具诗人和艺术家才气于一身的人，但这一点在诗作中很难找到印证，在我们看来这样的称赞是非常值得怀疑的。"② 或许是布莱克作为艺术家的头衔过于耀眼，使得当时的人们根本不相信有可以贯穿诗画两个领域的天才存在。

布莱克去世3年后，他的诗作开始受到一些批评家的关注。在这些

---

① W. J. T. Mitchell, "Dangerous Blake", *Studies in Romanticism*, Vol. 21, No. 3, 1982, pp. 410 – 411.

② G. E. Bentley JR, *William Blake: The Critical Heritage*, Routledge, 1975, p. 45.

评论当中，一篇匿名的评论文章值得我们的注意。在这篇名为《布莱克的发明：画家和诗人》（*The Inventions of William Blake, Painter and Poet*）的文章当中，作者发现："布莱克的作品中存在一种宏大的艺术融合现象，这种融合随处可见，画作是其中的肉，诗歌是其中的骨，音乐则是其中的神经。"① 其中，作者尤为关注诗歌和绘画的作用，他或她这样写道："画中的人物围绕着诗歌将它闭合起来，制造出某种愉悦的特质……随处可见的人物造型，就如同《麦克白》中鬼魂的意义，从眼前迅速飘过，而他们其中的任何一员同样也在天才的头脑中得以孕育，我们不妨打开我们困顿的大门，对他强大的思想进行探究，而不是将他当成呢喃的梦者或疯子。"② 我们可以看到，这位作者已经初步体会到了布莱克的诗画创作对读者的召唤，但遗憾的是，这种感性的评论没有具体指明这种"召唤"是如何起作用的。

亚历山大·吉尔克莱斯特（Alexander Gilchrist）在第一部布莱克传记《布莱克生平》（*The Life of William Blake*）中选入了布莱克的诗作。但是，从诗画创作的整体性来看，这些诗作实难还原出布莱克创作的原貌。这些诗作仅收入了文字文本，忽视了插图。即便是文字文本，受制于当时落后的印刷技术，文本中的字体也未能按照原先的设计复制下来。这两点要素加在一起，依旧使得他的画作游离于诗作之外。这种偏重文字、弱化图像的介绍方式至此贯穿于布莱克各个研究阶段中。学者麦克·古德（Mike Goode）认为这个局面随着弗莱、简·哈格斯托姆（Jean Hagstrum）和米切尔的著作的问世才被打破。他甚至认为这三位研究者的著作构成了布莱克研究中的"合成艺术转折"（Composite Turn）。③

从时间上来看，最早开拓出布莱克诗画研究新维度的是弗莱。弗莱对布莱克诗画关系的研究集中体现在1951年发表的论文《威廉·

---

① G. E. Bentley JR, *William Blake: The Critical Heritage*, Routledge, 1975, p. 202.
② Ibid..
③ Mike Goode, "The Joy of Looking: What Blake's Pictures Want", *Representations*, Vol. 119, No. 1, 2012, pp. 1 – 3.

布莱克的诗歌和图像设计》（*Poetry and Design in William Blake*）中①。弗莱首先指出了布莱克革新雕版技艺的意图②，并认为布莱克之所以会萌生改进雕版技艺的想法，是因为他想对当时的社会变革作出回应。在布莱克看来"革命行动只能从一种奴役的形式转变成另一种，除非这种行动能够抵达自由、平等的社会组织形式……因此……布莱克渐渐认识到，必要的革命行动应当使具有创造力的艺术家成为一名手工制作者，亲手通过艺术创作代替机械生产"③。可见，布莱克希望通过技法革新这一象征性的举动，来打破某种单一的、具有压迫性的思维创作模式。带着这种认识，弗莱认为布莱克重新定义了他的文字和图像文本。

布莱克发明的这种新的雕版技艺可以使文字和图像同时显现在一个介质之内，并且呈现出"对位的关联性"（contrapuntally related）。弗莱认为这种"对位的关联性"有两个表现方面。

首先，"布莱克从一开始就避免了一切可能导致文字文本和图像文本相互干扰的因素。在插图书中，我们经常可以看到传统的象形文字，文字符号本身就成了一幅图……而在布莱克的作品中则不具备这样的特征……这些词语有着自己的表意功能"④。

其次，弗莱指出："与词语独立于图像相比，更让人意外的是图像独立于词语而存在。"⑤ 因此，与传统的"寓意画册"（emblem book）

---

① Northrop Frye, "Poetry and Design in William Blake", *The Journal of Aesthetics and Art Criticism*, Vol. 10, No. 1, 1951, p. 37.
② 弗莱指出布莱克的意图为：第一，布莱克希望他的整个制作工艺与之前的技艺相比更具效率，同时也更为省力，这样他就能脱离出版商和赞助商，从而自身就能真正兼诗人和画家为一身。第二，布莱克希望大规模地刻印自己的作品，但之前他都是用厚纸板进行印刷，先前的印刷工艺不仅材料脆弱，而且雕刻的效果不可预知，这些因素给布莱克带来了无形的束缚。第三，布莱克希望当时的政府能够给他提供巨大的墙壁，这样他就能利用墙面做壁画创作，让更多的人了解到他的创作。但是这种制作方式虽然节省材料，却费时费力，因为这需要布莱克创作出和墙面一样大小的壁画。于是布莱克就设想了一种可称为"便携壁画"的作品，这种作品可利用雕版进行大规模的复制和创作。
③ Northrop Frye, "Poetry and Design in William Blake", *The Journal of Aesthetics and Art Criticism*, Vol. 10, No. 1, 1951, p. 35.
④ Ibid., p. 36.
⑤ Ibid..

相比，布莱克作品中，"诗歌并不指向绘画……绘画也并没有要简化诗歌的意图"①。

更为关键的是，弗莱认为布莱克的诗画表达包含如下几个特质：第一，布莱克构思绘画和诗歌没有先后顺序。第二，布莱克的图像常常用来象征诗歌中描绘的人物性格，这些性格在文字文本中并没有直接说明。第三，布莱克的图像时常体现出与文字文本相对的反讽功能。第四，布莱克的图像本身也对既有的图像系统进行了戏仿。这些因素加在一起构成了弗莱所说的"混合艺术的一种激进的表现形式"②。不过，即便弗莱认为这是一种"激进的表现形式"，他却依旧无法准确给出词语和图像的本质关系。

简·哈格斯托姆则对弗莱的论述作出了具体的补充，他将弗莱所说的激进的表现形式定义为"合成艺术"（composite art）。③ 但是这个观点也受到了艺术研究者的质疑，苏珊妮·朗格尔（Suzanne Langer）认为这种合成艺术的组织方式是不可能实现的。在她看来，两种不同类型的艺术，要融合或者合成只能有一种方式，那就是一种艺术形式完全吸收另一种。④

对于朗格尔的辩驳则成了米切尔研究布莱克的起点。米切尔认为布莱克的作品完全有理由成为朗格尔所说的例外。他认为布莱克的"文本整体性有时并非来自于它的词语秩序，而是来自于图像的秩序……在布莱克的长诗中，他发明了一种技术，可以将文本独立于图画而存在，这被弗莱称为'切分法'（syncopation）——这种处理方式将图案远离文字所涉及的内容"⑤。切分法使得布莱克的文字不再仅仅描述图画的内容，而图画也不局限于表现文字的内容，两者与其说是一种"表现性"（representational）的存在，倒不如说是一种文字和图画所组成的象

---

① Northrop Frye, "Poetry and Design in William Blake", *The Journal of Aesthetics and Art Criticism*, Vol. 10, No. 1, 1951, pp. 36 – 37.
② Ibid., pp. 35 – 41.
③ 可参见 Jean Hagstrum, *William Blake: Poet and Painter*, University of Chicago Press, 1964。
④ W. J. T. Mitchell, *Blake's Composite Art*, Princeton University Press, 1978, p. 4.
⑤ Ibid., p. 10.

征关系。在这种象征关系下，布莱克注重的是理念的传递，而非简单的诗画对应。

除此之外，要想定义这种象征关系则绕不开西方传统艺术理念中有关诗画"姐妹关系"的论述。"诗画姐妹艺术观"由莱辛提出。在他看来，诗歌和绘画是源自"自然"的两个女儿，两者共同以表现"自然"为目的，区别在于表现模式上的不同。具体来说，绘画与空间、身体、感觉世界相连，诗歌则与时间、精神世界相联系，并且这种诗画的分野最终决定了诗歌的地位高于绘画。18世纪流行的艺术观点认为"在'诗如画'这个观点的指引下，艺术家只需将绘画和诗歌表现得越接近，就可以克服时间和空间、身体和灵魂的分离，要么将两者合并在一起成为互补的表现，要么退而求其次，只求表现共同的主题，那就是自然"①。

对此，米切尔认为布莱克并不认可这样的观点，"对于布莱克而言，身体和精神、时间和空间相区分的世界，本身就是一个幻觉，不应该得到模仿，而需要通过艺术进行驱散"②。继而，布莱克具体的"驱散"方式则是他自己发明的"地狱酸蚀法"。它是布莱克独创的雕版技艺的隐喻性表述，不仅在表现形式上使诗画得以统一，而且在这种统一表现背后，"布莱克不是在模仿或者转换现实的所有分野，而是暴露出现实组织形式中的分叉"③。如此来看，布莱克并不是通过诗歌和绘画来临摹和表现"自然"。在失去表现"自然"这一共质性之后，诗画关系就需以"异质性"为前提进行重新定位。米切尔认为："布莱克要在他的插图书中将时间和空间联系在一起，这样做的目的不是为模仿外部世界提供一个更为圆满的方式，而是要激化我们感知外部世界时所固有的差别，将这些相互对立的差别统一起来。"④ 米切尔之所以这么认为，除了要模仿布莱克对世界构成的认识，勾勒出他心中的艺术图景，更是

---

① W. J. T. Mitchell, *Blake's Composite Art*, Princeton University Press, 1978, p. 33.
② Ibid..
③ Ibid..
④ Ibid., p. 34.

要提供一种"修辞或者解释,从而在诗歌和绘画的对位中,激发读者参与其中,从而建立一种缺失的联系"。如此一来,布莱克的"插图书"就成了大卫·厄尔德曼所说的"诱导之书"(prompt books),它带领我们在"黑暗中建立一种想象的飞跃,这种飞跃可以使得我们越过黑暗"从而进入"多重的灵视,广阔的区域……"①

至于"异质性"的表现,米切尔认为,"布莱克的诗歌废除了客观的时间概念,他的画作废除了客观的空间概念。为了确定这一观念,他的诗歌确保了人的想象力,使其能够在自身的意象当中创造和组织时间,而他的画作则确保了人体的中心地位,使得它成为了空间的结构原则"②。

罗伯特·艾希克(Robert Essick)于20世纪80年代另辟蹊径,指出布莱克试图建立"一种阐释的共同体,在这个阐释的共同体内,各个成员共同享有同一种语言"③。但是艾希克却没有指出这一种"阐释的共同体"以及"同一种语言"具体是什么。

随后,艾希克遗留的问题在白朗特的论述中得到了具体的澄清。白朗特绕开了纠缠不清的艺术方法的讨论,认为:"布莱克的插画诗构成了一种'第三类文本',这个文本是一种"元文本"(meta-text),文字文本和图像文本相互在其中起作用,但这种作用方式既非要让这两类文本相互囊括,也非相互认同。图像文本和文字文本相互激发出不同的美学、智性和实际的回应,并且这一切又紧紧扎根于这两种媒介的传统艺术准则和语法(或者表现体系)之中。"④ 而对于艾希克所说的"阐释的共同体",白朗特认为"这种共同体——以及它的语言——仅仅只有一部分是具体的,而且其中有一部分受制或者受限于词语和图像媒介的

---

① W. J. T. Mitchell, *Blake's Composite Art*. Princeton: Princeton University Press, 1978, p. 33.
② Ibid..
③ Robert N. Essick, *William Blake and the Language of Adam*, Charendon Press, 1989, p. 223.
④ Stephen C. Behrendt, *The "Third Text" of Blake's Illuminated Books*, from Mary Lynn and John E. Grant eds., *Blake's Poetry and Designs*, W. W. Norton & Company, Inc, 2008, p. 549.

限制，这两种媒介只会传递出事实上无法表达的事物"①。

至此，我们可以发现，布莱克作品中词语和图像相互存在的方式远非弗莱当初想象的那样简单而明晰，白朗特所说的内容已有部分涉及了观看者或者读者的参与成分。同时，布莱克之所以要建立起词语和图像之间的异质特征是要激发读者的想象力。白朗特对此具体指出，要想理解他所谓的"第三类文本"，势必要用区别于传统的看画经验，需将接受者的因素考虑进来，形成一种全新的交流模式。"同时，这种交流需要双方（艺术家和观画者）突破现有媒介的界限，从而在'空气'中达到一种类似心灵感应的效果……"②

相较国外的文献，中国学界对布莱克此主题展开论述的不多。据葛桂录考察，中国学者研究布莱克的过程大致可以分为三个部分：新中国成立之前把布莱克基本当作一名"疯子"而受到人们好奇式的关注；新中国成立后，布莱克隶属于浪漫主义标签下成为一名"遗漏的重要浪漫主义诗人"；20世纪80年代后期，学者们开始关注布莱克独特的诗学观念，挖掘出了一系列布莱克诗歌的特质。③但在这几个阶段当中，鲜有几篇分析布莱克图像的文章。

笔者认为造成这一研究缺陷的原因可以归结为如下几点：首先，从对布莱克作品的翻译情况来看，中国自一开始就只有文本的翻译，直到近期再版的《天真与经验之歌》之中，编辑者才将布莱克的画作一起收入。这就使得中国读者在接受布莱克的作品时，一直偏向于文字文本的阅读而长期忽视了他的图像创作。在最初布莱克的引介阶段，作家梁实秋就认为："有诗歌天才的人，同时兼擅绘事，永远是一件危险的事。危险，因为他容易把图画混到诗里去，生吞活剥的搬到诗里去。……勃雷克（亦即布莱克——作者按）诗里的图画成分，不但是多，而且

---

① Stephen C. Behrendt, The "Third Text" of Blake's Illuminated Books from Mary Lynn and John E. Grant eds., Blake's Poetry and Designs, New York, W. W. Norton & Company, Inc, 2008, p.549.
② Ibid..
③ 关于布莱克在中国的接受，国内已有系统的文字介绍，可参见葛桂录《布莱克在中国的接受》，《淮阴师范学院学报》1998年第2期。

是怪的。"① 或许是受到梁实秋此番言论的影响，中国对布莱克的接受似乎有意避开了对他诗画关系展开的实质性探讨。其次，从研究的角度来看，由于中国长期只对布莱克短诗创作进行批评，忽视了布莱克整体诗学的考察，这使得我们难以了解布莱克的整体诗学，继而忽视了图像的重要构成作用。最后，中国布莱克研究缺少学科之间的相互渗透，文学研究者只研究其作品的文字文本，艺术史研究者则单论布莱克的图像艺术，两者直至近日，才汇聚在图像学的研究范畴中做出了初步融合的尝试。

20世纪80年代后期，学者们开始关注到了布莱克独特的诗学艺术，而对布莱克诗画关系的认识主要可以分为两部分：第一部分由文学研究者构成，他们以布莱克的文学文本为研究基础，通过提炼布莱克诗学当中几个关键组成部分来探讨布莱克的整体艺术理念。第二部分由美术史和视觉艺术研究者构成，他们所展开的研究还处在初级探索阶段，其主要关注点在于布莱克与传统的艺术史的关系。

尽管如此，在已有的成果当中，依旧有几篇文献值得我们关注。首先，从我国文学研究者的论述来看，对布莱克诗学的论述最具启发意义的文章来自丁宏为的论文《灵视与喻比：布莱克魔鬼作坊的思想意义》和袁宪军所著的《威廉·布莱克的灵视世界》一文。虽然这两篇文章没有直接论述布莱克的诗画关系，但都以出色的分析和独到的见解，抓住了布莱克诗学创作的核心。两位学者都关注到了布莱克的"灵视"概念。丁宏为的论文通过对布莱克作品《末日即景》的文字描述，开门见山地指出该作品所描绘的"是指在两个层面发生的事情：其一有关画面中的景象；其二是指在观看画面的过程中，观众的灵魂似乎也要依照其对艺术品的反应和解读能力而接受审判"②。可见，丁宏为直接抓住了人们在观看布莱克画作时经历的两种景象，两者分别依靠观察和想象力，一种是直观地看，另一种则是依靠诗学的内在"审视"，两者在丁宏为看来可以统一在"灵视"这个概念中。而对于灵视，作者认为其中的诗学概念可以通过与"喻比"相区别来理解，"灵视是一种引人

---

① 葛桂录：《布莱克在中国的接受》，《淮阴师范学院学报》1998年第2期。
② 丁宏为：《灵视与喻比：布莱克魔鬼作坊的思想意义》，《外国文学评论》2007年第2期。

入胜的高级才能,而喻比手法由于要依赖概念与事物或德行的对应关系,所打开的思想空间是很有限的"①。后者"通过一般性的联想、联系,而找到确定的意义",而前者"则象征……另一个境域,它空间巨大,甚至大得令人恐慌"②。很明显这个更大的空间就是"灵视"的世界。除此之外,丁宏为还特意指出灵视和布莱克的雕版技艺有关,这种由布莱克本人发明的特殊技艺通过隐喻性的作用,使得"人的肉体也就不仅仅是肉体,世间万物也就不仅仅是万物,物的内部都可以藏匿着经验的目光所看不到的空间"③。丁宏为的论述不仅为我们指明了布莱克灵视观念的具体特征,还让我们了解到生成这种灵视的机制以及它对人自身的具体作用,其中想象力是最为关键的力量。相比之下,袁宪军的论文所讨论的对象则更为具体一些,他的论述第一次向国人展现了布莱克完整的"四重灵视世界"。更为关键的是,袁宪军指出布莱克的灵视来源于基督教"幻象"的影响,与摩西、圣保罗所看到的上帝的显现有着很大关系。圣托马斯将这一系列幻象称作智性幻象。"这种纯心理的意象不只是再创造,而完全是创造力的结果,这种创造力超越了感官经验,也超出了一般的心理想象的范围……布莱克的灵视世界与圣托玛斯所谓的智性幻象可谓异工同曲,布莱克的灵视,同样是超越了肉体感官和外部世界的一种内心的对精神世界的纯粹关照。"④ 总的来看,两位学者虽然没有直接论述布莱克的诗画关系,但是切中了布莱克自身诗学中的重要概念,这对展开我们的研究具有重要的启示。

再者,从国内艺术批评界对布莱克诗画关系的研究来看,学者所展开的研究主要有两种倾向。

第一种倾向体现在对布莱克的"诗画异质性"的关注,其中以郝向利所著的《诗画共生的布莱克诗歌》一文为主要代表。在这篇论文当中,作者首先以布莱克画作当中注重"椭圆"造型为切入点,指明

---

① 丁宏为:《灵视与喻比:布莱克魔鬼作坊的思想意义》,《外国文学评论》2007年第2期。
② 同上。
③ 同上。
④ 袁宪军:《威廉·布莱克的灵视世界》,《国外文学》1998年第1期。

了布莱克绘画创作的起源,继而将布莱克的诗画关系放入"传统姐妹艺术"的关系中进行比对,并得出如下结论:布莱克画作的独特性的最终作用还是在于辅助诗歌创作。① 但这样的结论实际上还是将布莱克的诗画当成两个相互分离的方面,没有体现出"异质性"的真正特点。

第二种倾向受到米切尔等国外图像学研究者的影响,学者们将布莱克的诗画关系放入"可视语言"的范畴中进行探讨。其中以于芳、于娟合著的论文《可视语言:威廉·布莱克诗歌的跨媒介叙事艺术》为主要代表。在这篇论文中,两位作者先从米切尔的研究中借用了"可视语言"这一概念,认为可视语言就是"把视觉和文字、图像和言语结合起来的一种形式"②。但是通过全文的论述,我们可以发现这篇论文与其说在探讨布莱克的诗画之于图像学的意义,不如说主要在介绍米切尔的观点,其中有关《天真与经验之歌》、《天堂与地狱的婚姻》中相关图像的解释大多来源于米切尔的分析,缺少自身的创见。如若米切尔的"可视语言"的确可以作为研究布莱克诗画关系的切入点,那么我们虽然可以将它当作研究的起点,但也要看到米切尔研究的不足。在笔者看来,米切尔对布莱克的研究的确非常成功,但终归还是将布莱克当成了艺术史和图像演变史中的一个个案,缺少了对布莱克自身完整诗学的系统论述。对这一点,上述两位作者似乎认识不足。

结合国内外相关主题的讨论,笔者认为,首先布莱克插画书所要传递出来的信息并非如白朗特所说的那样是悬在"空中"的,而是一种实实在在的存在。弗莱所言的象征关系、米切尔发现的异质性特征,虽然可以当作这种存在的表现特征,但缺少构成因素的支撑。其中,米切尔在深入探索这一主题后,将关注点从布莱克研究转移到了图像学分析上,从而未能继续围绕布莱克研究,给予我们深入了解其独创诗学的视角。而白朗特等人虽然将图像和文字上升到文本分析层面,形成了一种理论分析的维度,但这种维度的建立也在一定程度上回避了布莱克的诗

---

① 郝向利:《诗画共生的布莱克诗歌》,《作家杂志》2012 年第 12 期。
② 于芳、于娟:《可视语言:威廉·布莱克诗歌的跨媒介叙事艺术》,《济宁学院学报》2013 年 10 月。

学构成。笔者认为，对这一主题的研究关键在于，既然布莱克诗画的异质性和他对待整个世界的认识有着直接的关系，并且这种特征可能在文本分析层面形成"第三类文本"，那就说明：第一，布莱克的诗画关系可以在他自己独特的诗学体系中找到对应的表述，对这些表述的研究，我们可以重新定位他的诗画关系，但需指出的是重新定位并不代表否定前人所给的框架，这样做的目的是要在一开始就给深入研究布莱克创作奠定基础。第二，既然在"第三类文本"的研究中，学者已经关注到了有关想象力的作用，那么我们应该首先区别两种想象力，一种是作为布莱克诗学构成要素的想象力，另一种是读者通过阅读所激发出的想象力。在有了词语与图像文本的构成，以及"想象力"的支撑之后，我们还需进一步考察，这两个要素如何统一在布莱克诗学的内部。

通过梳理文献，我们可以发现，要想充分了解布莱克诗画结合的"异质性"特征，就需打破传统只关注文字文本的局限，将布莱克的文字文本、图像文本统一起来放在布莱克自创的灵视诗学当中进行综合考察，继而发现布莱克较为完整的诗学表达体系。由于加入了对布莱克图像文本的研究，我们在分析方法上除了需借鉴传统的文本分析以及神话象征体系研究所取得的成果之外，还需运用图像学和文化研究的方法进行研究。

首先，关于文字文本，布莱克认为诗歌不仅是一种技艺，更是一种画面的呈现。因为"他认为诗人的角色就和先知一样，伟大的先知就是诗人，因此伟大的诗作就是预言书，这两个术语是可以相互置换的"[①]。继而，布莱克在《耶路撒冷》中具体指明，先知的任务就在于"打开有限的重重世界，打开人类无限的眼睛，看到思想中的世界"[②]。可见，在布莱克的心中，这些由永恒世界的景象所组成的诗歌篇章，本身是用永恒之眼"看"的，因此他的诗歌包含了视觉的图像，也包含了特殊的视角。

---

① S. Foster Damon, *A Blake Dictionary: The Ideas and Symbols of William Blake*, Brown University Press, 1988, p.331.

② Ibid..

其次，之于图像文本，布莱克认为"绘画……存在于无限的思绪当中，并且也在这种无限的思绪中耗尽"①。可见，布莱克心中的绘画是存在于思绪当中，因此他的画作不是某个时刻的空间展现，而是这种无限思绪当中的象征元素的集合。

由此可见，在布莱克看来，无论是文字文本展现出的永恒世界的景象，还是图像文本展现出的无限思绪中的象征，两者都统一在视觉体验当中，且和"先知"这个观念有关。一般意义上来说，先知是一个具体的人物角色，但在布莱克的诗学体系中"先知"并不仅仅是一个传递诗学思想的角色，而且是一个"洞察者"，其主要的职能主要由视觉元素构成，因此文字文本和图像文本结合在一起，就成了布莱克诗学当中的"灵视"。

除此之外，这种视觉构成又和想象力有着直接的关联，在他看来，"想象力并不是观看世界和人的超凡视觉，并不出自自由的人，而是一个精神的人"②。由此来看，布莱克有关诗歌和绘画的认识统一在以"视觉"特征为主的诗学维度中，并且它和"想象力"有着密不可分的关系。

如若我们可以将"想象力"当成他文字和图像文本的支撑，那么还需进一步指出这种关系的构成。诗歌和词语是一组相互对立的元素，而在布莱克的诗学体系中，就包含有关"对立面"（Contraries）的论述。"Contraries"这个词可以直译为"矛盾"、"相反"、"对立面"等意思。布莱克在《天堂与地狱的婚姻》中有句名言："没有对立就没有进步。"③ 但是这句话，连带着"对立面"这个词常常会引起误会。我们应该看到，布莱克所说的"对立面"并不是黑格尔定义下的辩证法。布莱克与黑格尔的不同，并不简单地体现在对立面和矛盾的字面差异

---

① S. Foster Damon, *A Blake Dictionary: The Ideas and Symbols of William Blake*, Brown University Press, 1988, p. 319.

② David V. Erdman, ed., *The Complete Poetry and Prose of William Blake*, with Commentary by Harold Bloom, University of California Press, 1988, p. 53.

③ ［英］威廉·布莱克：《天堂与地狱的婚姻——布莱克诗选》，张德明译，中国文联出版公司1989年版，第12页。

上，更为关键的是布莱克提到了"进步"（progression），也就是说他提到了对立面的相互作用。但这种作用的产生并不依赖于"命题"与"反命题"的存在，这主要体现在两个方面：其一，布莱克并未发明一个如黑格尔那样的抽象辩证系统。其二，作为理解"进步"的关键，布莱克所强调的是一个持续的"创造"（creative）过程，但此处的"创造"并不是指矛盾在一方转变成另一方的过程中所附带出的新事物与新现象，参与其中的对立面并不以完全消耗一方为代价，从而展现出一种共存的局面。① 我们可以发现，黑格尔式的辩证法就其"转换"的特质来看，背后传递出的逻辑和传统美学定义下的"诗画姐妹关系"有相似之处，两者都是理性审视下的关系展现。而布莱克对于"对立面"的看法恰恰要打破一种理性思维定义下的二元关系，体现一种创造力，这种创造显然也和"想象力"有着直接的关系。基于这两个特征考虑，如若我们将诗画关系放在"对立面"中进行考察，并将这一点和传统的诗画姐妹关系作一番界定，不仅能够为诗画关系提供全新的维度，也能够将它看成对想象力的进一步分析。

　　除去想象力对诗画关系的支撑之外，我们还需看到想象力的具体观照对象。布莱克定义下的想象力具有人的特质：它既是"先知"所见的景象，也是具象化的"人"。布莱克曾说"想象力就是每个人的神圣躯体"。② 在这种关系下，布莱克的诗画作品体现出以展现人为中心意象的创作特征：第一，布莱克诗歌作品中有关人物的叙事，绘画作品中人物的线条、造型等元素就是想象力的直接表现。第二，从读者和观看者的角度出发，他作品中的人物也是想象力所激发出的具体对象。因此，本书从这两点出发，相应地将对想象力和"人"的关系分为两个部分进行论述：第一，人是如何在宗教、理性的约束力量下，激发并且表现想象力的。第二，这种想象力又是如何以"人形神圣"的方式出

---

① 相关观点可参见 Mary Lynn Johnson and John E. Grant, eds., *Blake's Poetry and Designs*, Norton, 1979, p.556。在这篇文章当中，作者还分析对比了布莱克的"对立面"和包括中国道家"阴阳"在内的其他相似观点的区别。

② David V. Erdman, ed., *The Complete Poetry and Prose of William Blake*, with Commentary by Harold Bloom, University of California Press, 1988, p.63.

现在布莱克的诗画作品中的。

除去"想象力"、"对立面"等核心诗学观念外,"灵视"是布莱克诗学当中更为重要的一个概念。它与视觉有着直接的关联。但它不是一个具体观看到的对象,而是一个逐渐递进、逐渐飞升、逐渐展开的过程。布莱克在《耶路撒冷》中认为"单一灵视"是被肉眼歪曲的景观,它受理性、时空等因素的限制,歪曲了真正灵视。至于"双重灵视",它由内外两个部分组成,内眼所视的事物是外部客观世界的延伸和扩展,外眼所见的事物既是障碍,也是媒介,至于能否打破这个界限,想象力在其中发挥了非常重要的作用。最为复杂和关键的则是第三重和第四重灵视,第三重灵视是指想象力所创造的永恒世界的景象。而第四重景象则是最具创造力的一种景象,它是布莱克灵视世界中最高级的形态,是具有神性的想象力本身。学者艾德华·J. 罗斯(Edward J Rose)认为这四重灵视可以用人的身体作为喻比来阐述:"单一视像只能看见抽象的骨架,看见'非肉身'的人体;双重灵视可以看见一代人的自然身体,'一具肉身之躯,包裹着血与肉,遍布血管和神经';三重灵视可以看见一代人'植物性'的生命,这样一来人的身体就可看作是宇宙,就如同天堂般的躯体一样;四重灵视则可以看见伊甸园中的精神之躯。"[1] 由此可见,"灵视"具备视觉性和"人体"隐喻这两大特点,两者加在一起可以作为布莱克诗学的最终显现,我们可以借此将布莱克的诗画关系以及想象力、对立面、人形神圣等要素统一在有关"灵视"的分析当中。

基于以上分析,本书就可以围绕"想象力"展开论述。首先,笔者打算展开布莱克诗学中的"视觉性"论述,分析它为何会构成布莱克想象力的首要属性。其次,作为想象力的重要表达,布莱克的文字文本和图像文本构成了其中的核心要素。笔者将重点分析想象力与这两者的关系。最后,笔者在延续前几章的分析基础上,再从想象力的作用方面入手,分析"人形的神圣"如何构成了想象力的作用对象,继而在

---

[1] Ronald, Schilefer, "Smile, Metaphor, and Vision: Blake's Narration of Prophecy in America", *Studies in English Literature*, 1500 – 1900, Vol. 19, No. 4, 1979, p. 571.

此基础上探究布莱克最为核心的"灵视世界"。

因此,基于以上所论述的几个要点,本书打算在结构上作如下安排。

第一章通过比较布莱克和其他浪漫主义诗人有关"想象力"认识的异同,指出他诗学构成中的视觉倾向,并分析背后的成因,从而为全文建构阐释的基础。

第二章通过分析《天堂与地狱的婚姻》,重点考察其中所包含的"对立面"思想,并将这一点引申为布莱克诗画关系的基础,从而发掘诗画关系的对立内涵。

第三章作为第二章的进一步延伸,将研究视野扩展到传统"姐妹艺术"的探讨维度当中,通过比较布莱克自身诗画的"对立面"和"姐妹艺术"的不同,深入分析其诗画构成的独特表现,并将这个表现融入《天堂与地狱的婚姻》当中提及的"地狱酸蚀法"概念中进行解读,从而揭示出其背后对"灵视世界"的启示作用。

第四章是对布莱克有关想象力论述的延伸,试图梳理出想象力与诗歌天才、人形神圣等要素的关系。笔者通过分析《没有一种自然宗教》和《所有宗教同出一源》这两部文本,深入探讨布莱克对这些要素的解读,并关注它们如何通过诗画结合的方式进行表现。

第五章在前几章的论述基础上,将"想象力"、"对立面"这两个重要诗画构成放入《天真与经验之歌》当中进行解读,从而发现布莱克"天真"和"经验"的主题如何通过文字文本和图像文本相结合的方式,展现出不同的"灵视"特征。

第六章为全书的结语,将在前几章的基础上审视这一研究对当下的意义。

通过此研究,笔者认为,首先从文学研究的角度来看,我们对布莱克兰贝斯时期作品的研究,有助于我们进一步了解布莱克后期发展出的象征体系。布莱克后期的象征体系中"由理生"、"罗斯"等核心人物与"理性"、"自由"、"想象力"等要素直接相关,而布莱克对这些元素的探索则始于兰贝斯时期。在《所有宗教同出一源》、《没有一种自然宗教》以及《天堂与地狱的婚姻》之中,布莱克明确指出理性只会带来束缚，人只有调动一切感官，才能打破束缚，无论这种束缚来自律法、宗教还是世俗法规。除此之外，我们还可以发现，布莱克在后期的象征体系中体现出将抽象的理念人格化的特征，这种特质在《天真与经验之歌》当中已经有了初步的展示。在该诗集中，人物、动物等意象的表现实则展现出某种象征理念。此外，学者白朗特还发现布莱克兰贝斯时期的作品"表达了一个主题——创造就是堕落，宗教的启示是恶魔的力量，它将人们从真正想象力的生活中隔离开来，而占据其中的理性，则与想象和快乐相对立，因为理性的存在，人类受到了巨大的苦难"①。而布莱克后期的3部重要作品《四天神书》、《弥尔顿》和《耶路撒冷》则在不同程度上表现出了和基督教和解的内容。② 如果说布莱克晚期的作品反映出他与既有的宗教意识形态的和解，那么兰贝斯时期的创作则反映出布莱克对外部世界分崩离析的个性化表达。他这一时期的聚焦点落在了"恶"上，并且把这股力量当作对想象力的侵害。因此，我们可以说，白朗特在布莱克作品中发现的"压抑"特质其实表现出布莱克从一名观望外部重大变革的"激进派"转变成以诗性表达介入现实的"艺术家"，"压抑"同时也意味着诗人内心图景和外部现实之间的争斗依旧存在。反映在艺术创作中，这种持续存在的争斗就显现为"文字文本"和"图像文本"之间的对位，这种对位状态到了后期则随着他和基督教的和解消失了。后期的布莱克创作中，词语和图像又走向了分离，同时，这一转变也标志着布莱克诗学体系的建立，这是他从"神秘体系"迈向完整的"神话体系"的关键时期。

其次，通过文字文本、图像文本和"灵视"这三者的关系的研究，我们可以较为系统地了解布莱克的创作模式。单从文字文本入手，我们虽然可以勾勒出布莱克创作的大致框架，但这种框架同时也限制了布莱克诗学思想的传达，读者在阅读文字文本时，容易将布莱克的诗学思想误读为某种神秘主义，从而将对布莱克的认识带入了不可知的境地。而

---

① Anthony Blunt, "Blake's Pictorial Imagination", *Journal of the Warburg and Courtauld Institutes*, Vol. 6, 1943, p. 192.

② Ibid., pp. 192, 194.

从图像和文本的对位关系入手，我们则可以从图像文本中解读出布莱克有意在文字文本中略去的内容，从而将布莱克的整体思想围绕在他创建的诗学体系内进行理解。文字和图像，两者围绕着布莱克独特的视觉诗学展开，共同打开了"灵视"的大门，如若我们能从这三者的视觉构成出发研究布莱克，不仅对我们了解布莱克的"想象力"有着极大的启示，同时也能激发出读者自身诗意的想象力。

最后，从当下语境出发，我们正处于一个"图像"泛滥的时代，文字日益退居次席，有学者甚至提出了我们这个时代正在经历一场"图像转向"。而布莱克用图像和文字共同表达的异质特性，对我们有着直接的启发。在布莱克的诗画表达体系中，文字文本不是用来描绘视觉文本的，词语本身就是图像，而视觉文本也不是用来"图示"文字文本的，而是以一种平等的姿态与文字文本共同成为一个整体。进一步说，"图像脱离文本而独立存在的最为明显的一个表征在于，图像所表现的内容并不行使图像的作用"①。这样一来，文字文本和图像文本形成了一个相互不对应的状态，图像和词语都在背离自身的表达方式，继而展现出各自表现力量的"缺失"。我们不妨打个形象的比方，图像文本和文字文本就好比两个相互错开的齿轮，无法咬合在一起，而要想让这个机器运转起来，让齿轮间相互产生传动力，还需要另一股动力，这股力量就是想象力。而我们之所以会陷入图像所构成的泥沼之中，其中一个重要的原因在于我们偏重某个媒介，用总体、直观的模式替代了多元的认知。有学者站在后现代主义研究的立场上指出："布莱克对总体性的批判集中表现在他对理性至上观的批评上。"② 而布莱克独特的诗画构成，则对我们当下恢复想象力，注重认知的多元性有着直接的启示。

---

① W. J. T. Mitchell, *Blake's Composite Art*, Princeton University Press, 1978, p. 4.
② 区鉷、陈尧：《威廉·布莱克与后现代主义》，《中山大学学报》（社会科学版）2008年第3期。

第一章 布莱克的图像诗学

在浪漫主义时期，很少有作家像布莱克那样既是一位画家，又是一位诗人。布莱克自身的特殊身份也成了人们标记其作品特殊性的主要参考来源。但笔者认为创作上的特殊性，势必和布莱克独特的表达有关。我们首先应从布莱克的诗学体系入手分析这种特殊性。

一 布莱克诗学中的视觉构成

如若我们把"想象力"当成浪漫主义作家的一个典型特征来看，那么，"在浪漫主义诗歌理论中，在所有有关'想象'的讨论中，似乎清楚的是，形象、图像和视觉感知对于许多浪漫主义作家来说都是具有高度内涵的问题"[①]。

高度内涵并不代表高度赞同，因为人们早已从艾布拉姆斯那里知晓，浪漫主义的美学观念经历了由"镜"转向"灯"的演变。"镜"代表较为传统的反映、模仿等古典主义创作美学，用米切尔的话说，这是一种"精神和艺术的被动经验模式"，它与"可视语言"这一概念有着直接的联系。"可视的语言"这个短语其实包含了两种艺术感知经验，虽然在大多数时候语言是可"看"的，但这个术语更多的是在隐喻的意义上被艺术史和文学史研究者所使用。

---

① [美] M. J. T. 米歇尔：《图像理论》，陈永国等译，北京大学出版社 2006 年版，第 101 页。

对于艺术史研究者来说，"可视的语言"更多地表现为一种规则的借鉴。在图像学家贡布里希（E. H. Gombrich）看来，图像内部有一种源自语言学的语法规则，他预示未来的图像学研究会出现一种"形象的语言学"，从而将图像志（Iconography，对应语言学中的句法分析）和图像学（Iconology，对应语言学中的语义阐释）统一起来。而在文学史研究者看来，"语言"和"图像"的相融则关系到一系列文学的功能表达，如再现、描写、比喻等。① 由此可见，对于文学史研究者来说，语言与图像的隐喻关系可以分为两层意义：第一层意义体现为文学用语言描摹现实；第二层意义则体现在文学作品中直接运用视觉意象来搭建比喻的意义。相较艺术史研究者而言，文学史研究者对图像和文字的探讨更接近一种流动性，它直接与想象相关，而前者则关注语法生成性的固态特征，停留于某种分析方法之中。

但我们知道浪漫主义更注重的是文学作品中"灯"的特性。它意在打破既有的图像与文字的直接对照关系，传统以再现为主的诗学观念让位给了以表现为主的创作理念，这意味着浪漫主义者在面对"看"这个感官体验时，势必会与前辈作家决裂。事实上，典型的英国浪漫主义作家，如华兹华斯、柯勒律治、济慈等人在面对"图像"、"文字"和"想象"这三者的关系上都达到了某种程度上的统一。"我们甚至……可以看到图像和视觉常常在浪漫主义诗歌理论中起到消极作用。柯勒律治仅仅因为寓言是'图像语言'就把它打发掉了，济慈担心会受到描写的诱惑，而华兹华斯则称眼睛是'所有感官中最专制的'。"②

在给绘画下定义时，柯勒律治曾说："画是无声的韵。"继而他又补充说："无声的韵，当然就是无声的韵文……同样，我也全力希望把'韵文'（poesy）一词用作一个滋生的或共同的术语，把它与'诗'

---

① 有关"可视语言"的梳理和探讨，可参见 W. J. T. Mitchell, ed., *The Language of Image*, University of Chicago Press, 1980, pp. 271 – 301；以及［美］M. J. T. 米歇尔《图像理论》，陈永国等译，北京大学出版社 2006 年版，第 100—102 页。贡布里希的有关观点可参考［英］E. H. 贡布里希《艺术与错觉：图像再现的心理学研究》，范景中等译，广西美术出版社 2012 年版。
② ［美］M. J. T. 米歇尔：《图像理论》，陈永国等译，北京大学出版社 2006 年版，第 101 页。

（poetry）相区别，'诗'并非'韵文'，但它是韵文的一种。其他种类一概归入美术，它们均适用于这一定义，即，它们像诗一样，表达萌生于人的头脑的理性、思想、观念以及情感；但是与诗不同，它们不是通过发声的言语来表达，而是像自然或神的艺术那样，通过形式、颜色、大小、比例或声音等音乐的或沉默的方式。"① 无疑，在柯勒律治的眼中，诗具有最高的地位，绘画终因其"沉默的方式"而只能（"像"）列于类比的从属地位。这种认识显然与他做出的"幻想"与"想象"的区别认识有关。柯勒律治认为幻想靠联想"随心所欲，把东分西散的事物拼合起来，使之形成一个统一体。为心智而形成的那些材料，随处都是现成的，幻想力的作用，仅仅在于进行某种并列组合"②。这种能力类似回忆，"除了固定的和确定的东西，别无本钱可用。幻想力其实不外乎是从时空秩序里解脱出来的一种记忆方式"③。而在论及"想象"时，柯勒律治曾用一段充满诗性的语言描述说："变为万物而又保持本色，从而无常的上帝在江河、狮子和火焰之中，人人都能感觉得到——这才是，这才是真正的想象力。"④ 上述这段文字无异于强调幻想与想象的高下之别，幻想只是聚合，将不同的事物聚集在一起，"必须从联想规律产生的现成材料中获取素材"⑤，而至于"想象"其实就是高于幻想的一次再创造，它将幻想的功能包含在内，除了聚合之外，"融化、分散、分解，为了再创造；而当这一程序变得不可能时，它还是无论如何尽力去理想化和统一化。它本质上是充满活力的。纵使所有的对象（作为事物而言）本质上是固定和死的"⑥。

从柯勒律治对绘画与诗歌、想象与幻想所做的区分不难看出，诗歌

---

① ［英］拉曼·赛尔登：《文学批评理论：从柏拉图到现在》，刘象愚、陈永国等译，北京大学出版社2003年版，第18页。

② ［美］雷纳·韦勒克：《近代文学批评史第二卷》，杨自伍译，上海译文出版社2009年版，第215页。

③ 同上。

④ 同上书，第213页。

⑤ ［英］华兹华斯、柯勒律治等：《十九世纪诗人论诗》，刘若瑞、曹葆华译，人民文学出版社1984年版，第62页。

⑥ 同上书，第61页。

（文字）是一种想象才能的展现，绘画则是一种幻想的表达。其中值得注意的是，在典型的浪漫主义作家心中，无论是华兹华斯对视觉的恐惧，还是柯勒律治对具象化（固定和确定）事物的排斥，其背后都反映出对一种流动和不可名状事物的偏爱。这种事物来源于内心世界，是一种外化了的心理图景，这也就是艾布拉姆斯所说的"灯"的效果所在。

在一首名为《插图书和报纸》的诗歌中，华兹华斯写道：

> 现今诗歌和韵文名誉扫地
> 只能奉承愚蠢而侥幸的艺术
> 此般品味本该是智性的土地
> 我们的确在向后倒退
> 年龄上从成人——退向童年
> 后缩至洞穴里的初始愚昧
> 滚开吧，卑鄙插画的泛滥
> 眼睛真的就是一切，舌头和耳朵什么都不会？
> 上天明明已使我们脱离了低级的阶段！[1]

可见，华兹华斯表达了对诗歌艺术式微的惋惜，同时对绘画，尤其是插图书抒发了强烈的不满。其中最值得关注的是华兹华斯对视觉压倒一切其他感官的讽刺。在此处，童年作为华兹华斯诗学的核心概念，不是一个诗性的回归，而是一种功能退化的幽闭，洞穴的拘囿带来的是"知性"和"愚昧"的强烈对比。从深层的情感内核来看，华兹华斯此处对视觉的焦虑与柯勒律治轻绘画幻想，重诗歌想象的诗学内核是一致的。

众所周知，两位诗人在《抒情歌谣集》中试图建立一种区别于18世纪古典宫廷与玄学趣味的清新诗风，其中以模仿和恢复中世纪和民间

---

[1] William Wordsworth, *Poetical Works*, Oxford University Press, 1969, p. 383.

歌谣的诗歌为主要创作特色。无论是回到中世纪,还是深入乡间采集整理民间歌谣,两者都是浪漫主义者试图回归未被文明所污染的望乡之旅,这一点学界已达成共识,并当作浪漫主义的创作原则所接受。但从词语和绘画的角度来看,谣曲和民谣代表的是一种流动的口语传统,它对应的是柯勒律治打散一切固有之物的再创造,以及华兹华斯对诗歌音乐性的渴望,有关这一特质,米切尔总结说:"恢复诗歌的口头或民间传统或使其非人格化的计划,对诗歌和音乐进行的常规比较,浪漫主义诗人坚持对赋予词语以物质的印刷形式的庸俗需要表示反感——所有这些思想类型都反映了一个共同的前提:即词语高于形象,耳朵高于眼睛,声音高于文字。"①

我们很想知道布莱克对上述观点的认识,但在布莱克对华兹华斯的评价当中,并没有发现布莱克针对此观点的直接评述。②撇去华兹华斯和布莱克整体诗学观念上的差异,也暂时不论后世评论家对两者之于"浪漫主义"的分歧,顺着以上分析的思路来看,布莱克对诗歌、绘画、音乐的理解的确和华兹华斯等人有着较大差别。

二 布莱克诗学的视觉特征

布莱克认为"绘画、诗歌和音乐是人得以和天堂交流的三种内驱力,这三种能力并未被诺亚的洪水冲走"③。而在后期创作的长诗《弥尔顿》中,布莱克将这一想法更具体地表达为:"诗歌、绘画、音乐和

---

① [美] M. J. T. 米歇尔:《图像理论》,陈永国等译,北京大学出版社2006年版,第103页。
② 直到1826年,也就是布莱克去世的前一年,人们才在布莱克的友人克莱伯·罗宾森(Crabb Robinson)写给多萝西·华兹华斯的信件中看到布莱克对华兹华斯的直接评价:"布莱克觉得华兹华斯是这个世纪唯一的诗人。"(Arthur Symons, *William Blake*, Kessinger Publishing, LLC, 2007, p. 274.)据说,罗宾森想促成两位诗人见面,但终究未果。除此之外,布莱克对华兹华斯的评价还间接见于他写作的《论华兹华斯》诗歌当中:我在华兹华斯的诗中看到,一个自然人站起身来,不断地与精神人争斗,他不是一位诗人,而是一位带着仇恨对抗、所有真正诗歌或者灵感异教哲学家(Geoffrey Keynes, *The Complete Writings of William Blake*, Nonesuch Press, 1957, p. 782.)。
③ Geoffrey Keynes, *The Complete Writings of William Blake*, Nonesuch Press, 1957, p. 609.

建筑，也就是科学，这四门艺术在永恒世界里就是人的四种面相。而在时间和空间里则不是如此：其中三门排除在外，唯独科学因受怜悯得以保存；通过科学，其他三门艺术得以在时间和空间中获得相关职能：诗歌存在于宗教中，音乐在律法中，绘画存在医学和外科手术当中。"①可见，在布莱克心中，艺术门类就如同这个世界一样，隶属于某个更高级别的存在。如果时间、空间对应的是已堕落的世界，那么各个艺术门类也是自某个永恒存在分裂出来的对象，其本身没有高下之别。在布莱克的整个神话体系中，这些艺术与感官相连，分别属于不同方位、不同天神的职能。达蒙（S. Foster Damon）认为在布莱克看来："音乐是看不见、摸不着的，它既不思考，也无法视觉化，是纯粹情感的直接表达，因此属于东方的天神路伐……音乐是对永恒最直接的交流，因为它不用与词语和图像纠缠在一起。"②尽管如此，但我们知道布莱克作为一名诗人和画家，明显不满足无声的冥想。他的诗歌和图像都来源于一个核心的诗学概念——先知。

"先知"在布莱克的诗学中并非一个有关认知的"时差"概念。所谓"时差"指的是时空上的逆向作用，亦即在当下的时空中构想或者设计未来的情景，继而对此时此刻产生影响。此外，先知在布莱克的诗学构成当中也绝非一个宗教概念。我们知道《旧约》中的某些预言得以在《新约》中实现，显示出神的意志，这就是一种较为典型的宗教先知构成，它包含一种"叙事模式"：预言——具体事件展开——实现，并在这种叙事模式下包含神意的"在场"，也就是说先前在预言初始场景中展现的神意，并不会随着叙事的展开而消耗，它最后随着事件目标的实现而最终显现自身。这种以传递神意为主要目的的叙事模式，类似于弗莱所说的"神话原型叙事"，因其线性的发展方式，从而使某个既定的元素能够跳出叙事本身成为可供沿袭和复制的主题，这是"神圣的

---

① David V. Erdman, ed., with Commentary by Harold Bloom. Rev. edn., *The Complete Poetry and Prose of William Blake*, University of California Press, 1988, p. 125.

② S. Foster Damon, *A Blake Dictionary: The Ideas and Symbols of William Blake*, E. P. Dutton & Co., INC, 1988, p. 290.

代码"得以传播的一个重要手段。

但布莱克的预言不是一个可供演绎和发展的叙事模式,尽管在运用某个系统研究的方法下,人们可以梳理出他的神话体系中的各种天神和主要人物,但这些人物的呈现方式缺乏叙事的统一性和连贯性,更多地表现为一种象征,而这种象征只有在布莱克自身的神话象征体系中才具有意义。更为关键的是,布莱克笔下承担预言的先知"并非是未来事实的预示者,他们是永恒真理的显现者"[①]。

具体来说,布莱克自己对"先知"的定义如下:

> 先知这个词,在现代意义下从未存在过。在现代意识中,约拿就不是先知,因为他对尼尼微的预言就失败了。每个诚实的人都是先知,他对公共事务和私人事件都可发表言论。因此,结局如何,完全取决于如何行事。他不发一言,事情就会按照你的意愿展开。一位先知就是一位洞察者(seer),而不是一位专断的发号施令者。[②]

这段话中有两点值得我们关注。首先,在布莱克看来,先知不是某种特殊的职业,因此先知所凝聚的宗教意义是"不在场"的。其次,在宗教意义缺席的状况下,先知的职能不在于"讲述"某个未发生的事情,而在于"洞察"。"讲述"意味着叙述事件的预判、展开和结果的印证,是线性历时的,而"洞察"直接与永恒相连,具备非线性的共时特性,这种共时的特性决定了人人可以通过视觉来通向永恒。如若人人皆可如此,那么布莱克作为一名诗人和画家,更是依靠"视觉"为中心来建构他的诗学的。可以毫不夸张地说,布莱克的诗歌和绘画如果可以追溯出一个源头,那么这个源头就是以视觉为主要体现的"灵视"(vision)。需多言几句的是,多数国内学者在翻译"vision"这个词

[①] S. Foster Damon, *A Blake Dictionary: The Ideas and Symbols of William Blake*, E. P. Dutton & Co., INC, 1988, p. 335.

[②] Geoffrey Keynes, ed., *Blake: Complete Writings with Variant Readings*, Oxford University Press, 1979, p. 392.

时，将它翻译成幻象，而笔者认为丁宏为将此词翻译成"灵视"更为妥帖。因为参照布莱克有关这个概念的论述来看，如若翻译成幻象似乎更注重的是看的结果，是一个已完成的状态显现，而灵视一词则更能体现出过程，从而展现出它内涵的多重性。

由此我们可以发现，布莱克和华兹华斯、柯勒律治等人最大的不同在于，他注重眼睛或者视觉的诗学功能。有关此类"视觉焦虑"和"视觉中心"在浪漫主义诗人之间的区别，学界做过一系列的探究，最著名的要数德里达在研究浪漫主义诗学时所提出的"语音中心主义"倾向，除"文字学"研究之外，另一种观点认为，感官的取舍连接着意识形态，华兹华斯等人流露出的"反图像主义……是法国大革命在政治上、社会上和文化上打破偶像的直接反映"[①]。据米切尔考察，"打破偶像运动的公认的发起人就是爱德蒙·伯克，这位反动的政治家年轻时写过一篇论崇高的文章，发起了浪漫主义对图像诗学的批判"[②]。

三 视觉特征与想象力

在伯克看来，"凡是能以某种方式适宜于引起痛苦和危险观念的事物，即凡是能以某种方式令人恐怖的，或者与恐怖的对象有关的，或者是以类似恐怖的方式发挥作用的事物，就是崇高的来源"[③]，但这种崇高并非积极的心灵力量，而是使心灵失去活力的能力。也许在伯克这样的思想家看来，讨论崇高的目的不仅仅在于为艺术史的探究添砖加瓦，更为重要的是揭示公众在面对公共事务时的态度，而当时法国大革命突然爆发出的暴力倾向，似乎也成了他所论崇高的完美例子，但也正因为崇高在伯克眼中是一种消极的力量，所以法国大革命也就成了有关崇高的一种错误的表征。当然，笔者在此不多涉及伯克的政治观点，值得我们关注

---

① [美] M. J. T. 米歇尔：《图像理论》，陈永国等译，北京大学出版社2006年版，第102页。
② 同上。
③ [英] 埃德蒙·伯克：《埃德蒙·伯克读本》，陈志瑞等编，中央编译出版社2006年版，第14页。

的是伯克就艺术的特征所展开的有关"晦暗"(obscurity)的论述。

所谓的"晦暗"也就是人类面对未知事物的天然恐惧,这本身无须多做解释。但就在伯克为"晦暗"列举了包含宗教阴森的城堡、政治家的退避不现,乃至美洲幽暗的异教献祭仪式之后,笔调突然一转,将关注点引到了有关言语和绘画的探讨上:

> 假如我画一座宫殿、一座庙宇或一幅风景画,我可以非常清晰地呈现这些对象的观念。不过这样一来,(模仿的效果也是重要的,须考虑进去),图画所产生的效果最多不过与实际的宫殿、庙宇或风景的效果一样。另一方面,即使以我力所能及的最生动活泼的语言来描绘这些对象,所建立起来的关于这些物体的观念也是模糊和不完整的……将情感由一个人心里移注到另一个人心里的恰当途径是词语。所有其他手段有严重的不足……据我所知,任何绘画作品——无论好坏——都不能产生同样的效果。所以说,诗不论多么模糊,比起绘画来,对情绪的控制还更普遍,更有力。[1]

在伯克看来词语和绘画是对立的,两者围绕着晦暗,以达到崇高为目的展开例证,绘画对应的是晦暗的反面:清晰,因此无法达到或者体现出崇高,而语言则是天然传递晦暗的媒介,无论对人的心灵还是情感来说都是能够传递出崇高效果的。[2] 对于伯克的观点,布莱克明确提出反对的观点:"晦暗既不是崇高也不是别的什么的源泉。"[3] 但是,在给出这样一句注释之后,布莱克没有具体展开论述,给人们带来了一系列

---

[1] [英]埃德蒙·伯克:《埃德蒙·伯克读本》,陈志瑞等编,中央编译出版社2006年版,第14页。

[2] 笔者在此引述伯克有关崇高的观点是谨慎的,因为伯克的此类观点并非止于风格和艺术的探讨。作为政治思想家,伯克有关崇高的论述有其终极的意识形态指向,囿于学识、材料和论述目的所限,笔者在此不多展开伯克在崇高背后对法国大革命的保守主义立场,具体内容可参见《眼与耳:埃德蒙·伯克与感性的政治》一文,收录于[美]M.J.T.米歇尔《图像理论》,陈永国等译,北京大学出版社2006年版,第147—190页。

[3] David V. Erdman, ed., with Commentary by Harold Bloom. Rev. edn., *The Complete Poetry and Prose of William Blake*, University of California Press, 1988, p.658.

的疑问。首先，如果晦暗不能成为崇高的来源，那么布莱克又是如何看待崇高的？布莱克如若不赞同"晦暗体现崇高"这样的联系，那么在他看来，隐藏在绘画背后的核心艺术观念又是什么呢？

  要回答以上问题，就需要参考布莱克自己的艺术观点。在一篇名为《法国大革命：布莱克的史诗与埃德蒙·伯克的对话》的文章中，学者瑞奇（William Richey）指出："正因为布莱克相信'细微的辨析'（Minute Discrimination）和一种坚定的'限定的轮廓'（Bounding Outline）是'华丽风格'的核心组成部分，所以他就视伯克的崇高充其量不过是一种骗人的把戏。"① 这其中，"细微的辨析"在布莱克看来直接与崇高相关："细微的辨析绝非偶然。所有类型的崇高皆建立在细微的辨析之上。"② 布莱克认为，整个世界是一个堕落的世界，在这个世界上的万事万物都是永恒世界里的某个"细分"（Minute Particulars）。细微的辨析直接对应永恒的世界，比如"上帝的细分就是人，人的细分就是他们的孩子，生命的细分就是活着的乐趣，尤其是爱的相拥，伦理的细分是原谅而非审判，艺术的细分就是灵视和完成的艺术品，科学的细分就是基本事实"③，并且在布莱克眼中"每一个细分皆神圣"。如此一来，如若堕落的世界是晦暗的，那就意味着永恒的世界是暗淡无光的。从这一点来说，布莱克并非在针锋相对地与伯克的观点唱反调，而是从自己的诗学出发，试图说明明晰可见的事物背后，也可以体现出崇高，这种崇高并非抽象而笼统的，它就潜藏在事物的细微之处，其展现的特性并不以牺牲艺术表现特性为代价。从晦暗而笼统到细分而清晰，布莱克实则建立了一整套全新的美学，在此背后"布莱克反对的是古典主义的信条，因为后者认为事物的原则以弃绝细节作为依据，而恰恰是这些细节，在布莱克看来才是感知的关键……"④

---

 ① William Richey, "Blake's Epic Dialogue with Edmund Burke", *ELH*, Vol. 59, No. 4, 1992, p. 819.
 ② Geoffrey Keynes, *The Complete Writings of William Blake*, Nonesuch Press, 1957, p. 453.
 ③ S. Foster Damon, *A Blake Dictionary: The Ideas and Symbols of William Blake*, E. P. Dutton & Co., INC, 1988, p. 280.
 ④ Ibid., p. 281.

在这种美学的关照下,布莱克的如下评论值得我们关注:

> 那些只会用糟糕而世俗的眼光看待事物,而不会想象存在更强大、更完美的轮廓,不会用更好、更明亮的眼光打量事物的人,根本就不会想象。以此为业的画家需坚信,比起肉眼看到的事物,向他永恒显现的想象之物更完美,其组成的方式也更为细微。①

在上述这段话中,我们可以清楚地看到视觉在布莱克的艺术理念中的地位。他所强调的视觉作用,并不完全是隐喻意义上的。因为对于布莱克这样的艺术家而言,他笔下的诗句,画板上的图像有且只有一个源头,那就是灵视,或者说就是永恒世界的显现。

在上述瑞奇的评论中还有一个关键词,那就是"限定的轮廓",这个概念是布莱克在绘画实践中另一个有关视觉的隐喻。

如若按照布莱克自己所言,"诗歌中每一个词、每一个字母都需研究,绘画中每一条线段、每一个点也是如此"(《耶路撒冷》),那么在一幅画中,是否每一个构成都具有同等重要的地位呢?

答案是否定的。根据前文的论述,我们已经知道,布莱克在绘画上自称与米开朗基罗、拉斐尔是同路人。这份名单上还要加上丢勒,原因在于这些大师在他看来都属于注重线条表现的艺术家,而与之相对的是威尼斯画派、法兰德斯乐画派,以及伦布朗、鲁本斯、提香等艺术家,布莱克认为他们是"恶魔"派。

> 着色并不依据涂色的地方而定,而应完全取决于外形或者轮廓……那些与实验的画作不同的绘画是受到引诱和侵扰的结果,会破坏想象力,它们通过被称为明暗对照法的地狱机器,由威尼斯画派和法兰德斯乐的画家操作,他们敌视画家以及所有那些研习佛罗伦萨和

---

① Geoffrey Keynes, *The Complete Writings of William Blake*, Nonesuch Press, 1957, p. 459.

罗马画派的艺术家（即重视线条的艺术家）……①

轮廓或者外形在布莱克眼中与想象力相关。笔者认为，线条与色彩，与其说是布莱克绘画风格上的选择，倒不如说是他诗学内核的显现。按照布莱克的构想，整个世界围绕着想象力可以分为两个维度：一个维度是充满活力的世界；另一个维度则是植物般的世界。这个植物般的世界就是失去想象力后整个世界的阴影："在你们的心中产生了自己的天堂和俗世，你之所见，虽然好似来自外部，其实源于内心，于你的想象之中，俗世仅仅是一个阴影。"② 因此，想象力在布莱克看来不仅是一种诗学认知，而且是整个世界赖以存在的基础。但是布莱克所言的想象力并非没有源头，在他看来想象力和诗歌天才（poetic genius）有着直接的关联。诗歌天才一词，遵循的是其原本的意义。"Poetic 这个词参照的是原初希腊语中的意思，意思是'创造'（making），而 Genius 这个词则在拉丁语中，有'指引的精神'（guiding spirit）的意思。"③（有关这一点笔者会在第三章具体展开分析）由此可见，诗歌天才是一股矢量，不仅有创作之"力"，也有指引的"方向"，也正是在这个意义上，丁宏为认为我们不妨也可以把诗歌天才理解为一种"诗意的想象力"④。这种诗意的想象力在功能上得到了布莱克的严格区分，"想象力并不是观看世界和人的超凡视觉，并不出自自由的人，而是来自一个精神的人。摒弃想象力与记忆力毫无关系"⑤。这句话当中有两点需要我们注意：第一，布莱克认为想象力不是一种单纯向外观察世界的能力，而是一种内在的与精神相联系的维度，前一种想象力可以依靠记忆来串联，容易造成混乱，而内在的想象力则更宽阔，涵盖的意义更广；

---

① David V. Erdman, ed., with Commentary by Harold Bloom. Rev. edn., *The Complete Poetry and Prose of William Blake*, University of California Press, 1988, p. 529.

② Ibid., p. 554.

③ Mary Lynn and John E Grant, ed., *Blake's Poetry and Designs*, W. W. Norton & Company, Inc, 2008, p. 3.

④ 丁宏为：《灵视与喻比：布莱克魔鬼作坊的思想意义》，《外国文学评论》2007 年第 2 期。

⑤ David V. Erdman, ed., with Commentary by Harold Bloom. Rev. edn., *The Complete Poetry and Prose of William Blake*, University of California Press, 1988, p. 53.

第二，布莱克明确指出，想象力不是抽象的存在，而是与人息息相关，可以说想象力就是一个独立的精神人。

在布莱克看来，想象力之所以能成为"精神的人"，其原因在于它和理性的抽象思维相对立。这种抽象思维在布莱克看来仅仅是一种图解（Ratio），因为"谁能在万物中看出无限，他就看到了上帝。谁只在万物中看出分类图解，他就只能看到他自己"[1]。由此可见，处于"植物世界"的人只能利用图解看到自身，而拥有想象力的人则可以超越自身，看到"永恒的世界"，因此具有了"神性"。因此，有关想象力和人形神圣，以及其中所包含的视觉效应是我们理解布莱克整个诗学的关键。

人要想获得神性，成为"人形神圣"，想象力是关键。但我们也要看到，布莱克用以表达这一理念的方式除去辩证性的说明之外，更多的是体现在他的作品中。在布莱克看来，色彩以及伦布朗所注重的画面上的阴影就是伯克眼中"晦暗"在绘画中的直接体现，而在布莱克以视觉为中心的诗学理念当中，想象是一股内驱力，凭借想象，人们才能在灵视的作用下在堕落的世界中勾勒出永恒世界的轮廓，而这种轮廓或者外形，必须是清晰可辨的。

布莱克的画作多半以人为表现主体，而在他的神话体系当中，人的各个方面也由不同的人物来象征，可见这一点无疑构成了布莱克创作的主题。我们除了挖掘这种主题之外，还需看到布莱克在安排自己作品的内部结构，甚至是诗画关系时，也运用了想象力的原则，打破了常规以理性为主导的诗画分离的方法。具体说来，如若图像必须是清晰的，那么根据布莱克自己的诗学观念，词语也必须是清晰的。那么，作为一名诗人兼画家，他又是如何取舍词语与图像的呢？抑或说，在统一的清晰理念之下，词语和图像是否就会构成矛盾呢？笔者认为，要回答这一问题，就需要分析布莱克诗学中的另一个重要理念——对立面，布莱克在《天堂与地狱的婚姻》中对这一主题进行了详细的论述。

---

[1] ［英］威廉·布莱克：《天堂与地狱的婚姻——布莱克诗选》，张德明译，中国文联出版社1989年版，第8页。

第二章 文字和图像的对立关系

《天堂与地狱的婚姻》(*The Marriage of Heaven and Hell*,以下简称《婚姻》)成书于1890—1893年。它是布莱克创作的一个重要转折。米勒(Dan Miller)认为:"它标志着(布莱克)以集中表现诗学灵视为主的单一抒情诗和抒情组诗的创作,向采用叙事手段和系统形式来表现灵视的先知书的转变。"① 而这种转变与其中所论述的主题密不可分。学者鲁米认为,《婚姻》的主题包含两个基本概念:"'精神感知'扩展的理念以及'对立面'的法则。"② 除此之外,用来表现这两个主题的内容则镶嵌在鲁米所说的'A—B—A'的结构当中。这个结构类似音乐创作中的三重作曲结构:"在这个结构当中,第一主题和相应展开部随后被第二主题及其展开部所继承,最后再回归第一主题或者以变奏的形式展开第三部分。"③ 鲁米坚信:"确切地说,甚至布莱克在此运用的展开方式,与修辞模式相比,更接近于音乐模式。"④ 按照他的解读,各种文类,诸如箴言、讽刺诗、抒情诗、散文诗等,都成了类似协奏曲中的变奏曲部,于是整部《婚姻》在结构上呈现出强烈的对位性。除去结构上的对位之外,从诗画关系的论述角度出发,我们着重应该关注布莱克对"对立面"的有关论述。

---

① Dan Miller, "Contrary Revelation: 'The Marriage of Heaven and Hell'", *Studies in Romanticism*, Vol. 24, No. 4, 1985, p. 491.
② Martin K. Nurmi, "Blake's Marriage of Heaven and Hell: A Critical Study", *Research Series* 3, *Kent State University Bulletin*, 45, 1957, p. 14.
③ Ibid., p. 59.
④ Ibid..

第二章 文字和图像的对立关系

一 对立面的特征

在导论部分,我们已经初步探讨了布莱克所言的"对立面"与传统相似概念之间的区别,但仅凭借概念上的区分依旧难以清晰而准确地理解"对立面"。其次,在《婚姻》中布莱克并未明确指出对立面指的是什么,而是通过一系列的诗歌和绘画的表达将这一理念渗透在作品当中,因此对这一点的论述我们还需从文本内部出发来分析。

整部作品以一首《争论》作为开端:

伦特拉咆哮着,在沉重的风中挥舞着他的烈火
饥饿的云在海上动荡起伏。

曾经温顺的,在一条危险的小路上,
那正直的人坚定地沿着
死亡之谷前进
玫瑰种在荆棘丛生的地方,
不结果的灌木丛中
蜜蜂唱起了歌。

于是危险的小路上鲜花开放;
每一座山岩上每一个坟墓
都有河流和小溪流淌;
累累白骨上
长出了血肉。

直到那恶棍离开舒适的通路
踏上了危险的小路,然后
把正直的人推进了荒野。

· 35 ·

现在那卑鄙的蛇爬行着
温和而谦逊，
而正直的人在旷野发怒
狮子在那里徘徊。

伦特拉咆哮着，在沉重的风中挥舞着他的烈火
饥饿的云在海上动荡起伏。①

全诗的第一节在诗歌最后部分重复出现。同样一句话，一头一尾将全诗拢在一起，使得全诗形成一个封闭的结构。因此，这句话无疑是整首诗，乃至理解整部《婚姻》的基础。学者玛丽·V. 杰克森（Mary V. Jackson）认为这句话里有两个关键的信息：第一，从重复的效果来看，这行诗"不仅强调了迫在眉睫的行动，而且还体现了启示的征兆"②。第二，这句诗里包含了一个重要的角色：伦特拉（Rintrah）。据玛丽考察，这个名字意味着撕裂（renting）、挣破（tearing）、疾呼（ranting）和嘶吼（roaring），这些动名词勾勒出了伦特拉的姿态，并且与第一点相呼应，强调一种迫在眉睫的反叛。

这首诗歌无疑是一首预言诗，从较为明显的意象来看，我们不难发现一组明显的对立：

正直的人	恶棍
危险的小路	舒适的道路
玫瑰、蜜蜂、河流和小溪、血肉	荆棘、灌木、山岩和坟墓、白骨
徘徊、发怒的狮子	爬行、卑鄙、温和而谦逊的蛇

对这些对立的意象做"静态"分析，可以得出如下含义。

---

① ［英］威廉·布莱克：《天堂与地狱的婚姻——布莱克诗选》，张德明译，中国文联出版社1989年版，第10—11页。
② Mary V. Jackson, "Prolific and Devourer: From Nonmythic to Mythic Statement in 'The Marriage of Heaven and Hell and a Song of Liberty'", *The Journal of English and Germanic Philology*, Vol. 70, No. 2, 1971, p. 208.

第二章 文字和图像的对立关系

第一，正直的人之所以能被冠以正直之名，那是因为他的道路是正直的，他代表某种不公正的对立，这种不公正的对立由僭越的对立或者说恶棍的举动所引起。

第二，小路和道路既可以认为是生命之路，也可以当作精神旅程。危险的小路意味着生命的形式，意味着获取有意义的生活并非易事。舒适的道路之所以是舒适的，是因为它代表着无行动力的、无创造力的生命或者精神。

第三，道路边上的各种存在物皆是某种特殊心灵带有自我印记的创造。①

简要来看，叙事的内容可概括成两个事件：第一，真正的人行走在危险的路上，道路两旁的存在物获得"生机"（玫瑰种在荆棘丛、蜜蜂歌唱在灌木丛、鲜花开放，小溪和河流流淌于山岩和坟墓，白骨长出血肉）。第二，恶棍离开舒适的道路，僭越至危险的小路，正直的人被驱逐至旷野。

随着这些对立面的深入展开，其"展现"的功能也发生了变化。从恶棍登场开始，"展现"变成了"转换"，恶棍走上了危险的道路。我们可以发现诗中一处细微的差别，恶棍僭越道路之前，正直的人是"温顺的"、所走的路是"危险的"，而恶棍所待的地方是"舒适的"，僭越发生之后，正直的人激发出了发怒的姿态，而恶棍则变得"温和而谦逊"。可见，一前一后，无论是谁走在危险道路上都会有温和、温顺的表现，参照文本内容，正直的人所体现的"温顺"包含一种催生的"力"，凭借这股"力"，玫瑰的"种"、蜜蜂的"唱"、鲜花的"开"、河流和小溪的"淌"、血肉的"长"才具有显现自身和对立面（荆棘、灌木、山岩等）的原动力。而恶棍则始终没有改变自身属性，他从舒适转为温和，文本中也没有相对应的篇章来展现恶棍僭越之后周围事物的变化，其实我们只要知道这种原动力本身代表着想象力，而恶

---

① 此分析详见 Mary V. Jackson, "Prolific and Devourer: From Nonmythic to Mythic Statement in 'The Marriage of Heaven and Hell and a Song of Liberty'", *The Journal of English and Germanic Philology*, Vol. 70, No. 2, 1971, pp. 208 – 209。

棍之所以为恶棍,不是善恶之别,而是因为他代表的是理性,那么我们就会明白,恶棍在危险的道路上只会留下一片"空白"。就算正直的人被驱赶至旷野,我们依旧可以发现,他并没有失去那种"力",仍然在那里发出吼声。如果正直的人能够在"危险的道路"上展现对立面,那么他在旷野中也势必会展现出自身的对立面——恶棍,由自身的功能反向指向自身最终的结局,这首诗中蕴含着有关想象力的悲剧况味。但是这种悲剧性并不在于正直的人的泯灭,布莱克在此要显现的是一种转变。恶棍走在了危险的道路上,变成了正直的人,正直的人被驱逐旷野之中,意味着理性僭越了想象力,带来行动力的丧失,于是,这出悲剧所蕴含的真正意味在于,恶棍的"恶"变成了"善",正直的人的"善"变成了"恶",人们错误地将理性当作世间的唯一法则来度量万物,而使得想象力趋向荒芜,布莱克在此要转变的正是这一种错误的认识,加上伦特拉的存在,这种错误认识的转变无疑是紧迫的。正如布鲁姆所说:"恶棍踏上危险的道路,整件事件标记一种'新天堂'的开启,温和、谦逊带有了天使般的束缚。"[1]

因此,整首诗在此展现出来的共有如下几点意义:首先,对立面的展现并非是一方取代另一方的单向过程,而是两者在空间上并存的展现。其次,想象力的存在并非一个诱发冲突的条件,而是一种显现的内驱力:有了想象力,对立面才能存在。其中,想象力并不仅仅是作品表面所展现的力量,更是一种唤起的力量,我们可以通过动词时态的变化,在文字中切身感受到对立面的变化,这种体验方式不仅通过"阅读"文字本身所获得,更体现在文本修辞背后的具体画面之中。因此,想象力在此不仅是一种表现,更是一种功能,这两点加在一起,共同为《婚姻》奠定了解读的基础,并召唤读者警惕一切有关"天使"与"魔鬼"、"天堂"与"地狱"的惯常理解,因为一切皆具有反讽的意味。

这种反讽较为明显地体现在插图文本当中。从插图中看,图中并未出现伦特拉、旷野、鲜花等诗中出现的意象,而占据图像主体的却是一

---

[1] Harold Bloom: "Dialectic in the Marriage of Heaven and Hell", *PMLA*, Vol. 73, No. 5, Part 1, 1958, p. 502.

组对立的形象（见图 2–1）。

图 2–1　威廉·布莱克：《天堂与地狱的婚姻》，雕版 2，版本 C，1790 年，纽约：摩根图书馆和博物馆

首先，我们可以发现图中右侧的树上有两个形象，首先，上方的那位向下伸出手来，下方的那位则向上伸出手做出接应的姿态。其次，树上的那位穿衣，树下的那位则赤裸身体。

"上"和"下"的方位隐喻天堂和地狱的位置，再加上人物的姿态，这幅图意味着一种拯救或者搭救的象征：上方（天堂）的人物在搭救下方（地狱）的人物。但是，我们知道，赤裸和衣饰在布莱克的诗学思想中有着特殊的意味。赤裸是人物外形的直接体现，它和清晰的显现直接对应，象征永恒世界在人的身体外形上的展现；衣饰则相反，代表永恒世界的遮蔽和晦暗。这样一来，此图就体现出吊诡的意味：画面所传递的意思和它的隐喻意思无法对应。按照布莱克的诗学思想，占据天堂（上方位置）的对象应该是赤裸的人物，需"搭救"或者"拯救"的应该是因理性（衣饰的隐喻）而遮蔽显现的穿衣者。那么，该如何调和这种倒错呢？笔者认为，文本和图像所展现出的不协调状态，毫无疑问首先就是一种反讽的体现。但进一步来看，反讽的对象就是搭救的姿态本身。由此来说，这幅图展现的不是天堂对地狱的拯救，而是天堂和地狱之间的一次僭越。而这种僭越伴随着树上方人物所展现出来的姿态，更加强了反讽的效果。

我们可以发现，无论是文字文本还是图像文本，都包含着非常强烈的"缺失"——文字文本并非直截了当地说理，而是通过一系列对立面的间接展现来"显现"自身，从而具有图像的功能，而图像文本则利用上下的错位反讽来表现背后隐含的信息，兼具文字文本的隐喻功能，但当文字文本和图像文本结合在一起"观看"时，共同透露出最深层的隐喻：第一，对立面是存在的；第二，对立面的存在不是动态的此消彼长，以一方取代另一方为终极目的和表现，而是一个显现出来的过程，内部对立面的显现（正直的人的行进过程）带动了外部对立面的出现（恶棍的僭越）；第三，僭越的展现本身是一种反讽。

继而我们可以说，对立面之所以存在本身也是想象力作用的结果，这种作用力直接导致了用来展现对立面的方法也必须依靠想象力，前者是布莱克诗学内涵的体现，后者则是布莱克通过文本希望读者所拥有的能力。因此从这一层意义上来看，布莱克的文字文本和图像文本既有展现诗学内涵的表意功能，也有超越自身表意功能的召唤力量。想象力在布莱克的诗学中既是一种内容，也是一种方法论。

二　对立面的内涵

通过上一节的分析，我们可以发现对立面的表现与想象力有着直接的关系，可以说想象力构成了支撑对立面存在的内涵。但布莱克对这一内涵的揭示依旧没有直接展开，而是通过较为复杂的文本内容来表现

第二章 文字和图像的对立关系

的。因此我们还需进一步展开《婚姻》的图像文本和文字文本的分析。

虽然《婚姻》卷首的《争论》为整部作品奠定了基调,但在布鲁姆看来这场"婚礼"真正的"婚礼进行曲"①则是如下这段文字:

> 当一个新的天堂开始时,自它诞生至今已有三十三年,永恒的地狱复活了。

我们在之前的分析中一直强调对立面所体现出的"显现"功能,而上述这段文字则可以看作"显现"的具体内涵。此处的天堂已不再是一般宗教意义上的天堂,而是一个经过僭越后的结果,地狱反之亦然。

《婚姻》从第二章开始,突然又重新体现强烈的说理色彩。紧接着上述这句话出现的是以下三段文字:

> 没有对立便没有进步。吸引与排斥、理性与激情、爱与恨,对人类生存都是必需的。
>
> 从这些对立中产生了修行者称之为善与恶的东西。善是被动的,它服从于理性;恶是主动的,它来自激情。
>
> 善就是天堂;恶就是地狱。

这三段文字暗含一个递进的展示过程,第一段包含事实和举例,第二段是一个价值判断的提升,第三段是一个新价值的产生。米勒认为,从这三段文字出发,"似乎可以将对立面看作是本体论意义上的二元形式:对立面因此就成了独立、自发的准则,其内部的相互作用产生了所有'人类存在'"②。继而他认为产生这种认识的理由在于:吸引与排斥对应了牛顿的物理定律,爱与恨则对应着"整合的爱"(philia)和

---

① Harold Bloom, "Dialectic in the Marriage of Heaven and Hell", *PMLA*, Vol. 73, No. 5, Part 1, 1958, p. 502.
② Dan Miller, "Contrary Revelation: 'The Marriage of Heaven and Hell'", *Studies in Romanticism*, Vol. 24, No. 4, 1985, p. 495.

"分离的恨"（neikos），这两者是古希腊哲学家恩培多克勒的形而上学理论的中心。

即便如此，一个关键问题在于，我们是否可以从上述文本中引出一条定理来？要回答这个问题其实并不容易。在罗列上述对立面之前，布莱克给出了著名的诗句："没有对立便没有进步"，它是我们理解对立面的前提，而后一句"……对人类生存都是必需的"则是一个条件，有了前提和条件，我们的问题就变成了如何理解"进步"与"必需"。

参照第二段文字可以发现，布莱克并没有直接论述所谓对立的具体表现，而是先将这一切进行了提升，赋予了"善"和"恶"的价值判断，而善和恶有主动和被动的区别。正因为有了主动和被动包含在善恶价值判断之下的动因之别，也就使善和恶有了单向转变的可能。除此之外，如若按照惯常的理解，善与天堂在意义上的连接，势必会引出拯救的意味，但是文中却明确表明，这种善是被动的，可见布莱克在此所言的"善"和"恶"明显就是《争论》中反讽的延伸，因此一切需要重新以类似颠倒的方式加以理解。如此一来，建立在反讽意义上的单向转变不可能是一种进步，而上述的这些对立只可能来源于一种错误的认识，也就是说有一种区分方式，它错误地区别了"善"和"恶"。

在第一篇《魔鬼之声》当中，布莱克继而展开了对这种错误区分的批判。宗教的谬误在布莱克看来主要包含两个方面：第一，通过划定善恶的源头，分割了善恶的存在：善来源于灵魂，以理性为表现；恶来源于肉体，以激情为表现。第二，宗教不仅区分，而且具有倾向性："上帝将在来世折磨那些凭激情行动的人。"[①] 关键在于，布莱克在此指出了两种错误对待对立面的方式："区分"是二元论的表现，在这种二元论背后隐含着更为专断的一元论指向。这两个因素的存在是我们认识布莱克的对立面的关键，布莱克的对立面既不是一元论（不带任何倾向性），也不仅仅是二元存在（随时为了某种一元论的目的而发生转变），这两个要素在如下文字中得以展现：

---

① ［英］威廉·布莱克：《天堂与地狱的婚姻——布莱克诗选》，张德明译，中国文联出版社1989年版，第10—13页。

1. 人并没有与他的灵魂截然分离的肉体，因为所谓肉体不过是灵魂中能被五官感知的那一部分，而在这个时代官感是灵魂的主要入口。

2. 激情是唯一的生命，它来自肉体，而理性是激情的束缚或外围。

3. 激情是永恒的快乐。

上述文字从表面上来看像是布莱克针锋相对地对宗教的"谬误"所作出的回应，但是我们细细分析就可以发现，要理解它并非易事。首先，布莱克给出了一个全新的理解二元对立的方式，通过界定"肉体"和"灵魂"的不可分割性，他移除了二元对立的关系向更高级的意识形态转变的可能性。如果这一点是明确的，那么紧接着第一段文字背后出现的那段文字则让人感到怀疑。如果第一段文字否定了灵魂和肉体的可分性，那么在第二段里，我们却可以发现布莱克实际上恰恰站在了第一段文字的反面，他又区别对待了激情和理性。除此之外，第三段文字的倾向性则更明显，文中出现了"永恒"这一表明立场的词语。这是布莱克论述的不严谨吗？笔者认为，答案是否定的。否定的意义并不在于肯定布莱克是一位严谨的哲学家。关键在于作为一名艺术家，布莱克在此遇到了一个事关"表现"的悖论。布莱克要展现的是他心目当中"正确"的"对立"关系，而如何体现"正确"、如何确立"对立"关系势必会抵达其论述的极限。具体来说，"正确"的判断需要否定"谬误"，而在"谬误"的原因当中最关键的因素就是"区分"，如此一来，要想"正确"，必须否定"区分"，这一点布莱克通过论述已经表明了，但是作为一种论述本身，布莱克在讲述某种理念以及这种理念的构成时，无法真正做到不带任何倾向性的客观展现。因此通过类似"驳斥"的方式进行论证势必会导致用错误的方式来验证正确的理念的表现悖论，这背后依旧遵循着布莱克所反对的一元论逻辑。那么只有通过第二种方式来实现，就是避开略带倾向性的"驳斥"，仅仅通过大胆展现"谬误"，来体现真正"对立"的内涵，这也就是第二段文字所包含的关键要素。如此来看，布莱克并非要驳斥谬误从而树立一种全新的认识论。因为驳斥之后的树立，本身就是以相反的方式展现了固有的一元逻辑，而真正对立的关系就存在于第二段的"外围"这两字中。有"外围"势必就会有"内在"，两者是一个空间的概念，这个空间是存放对立面的关键所在。正如米勒所说："理性和激情的真正对立……是一种必要的相互存在，这种存在恰恰在于外围和内在的关系当中；离开了其中一个元素，另一个则不复存在。"[1] 因此，我们可以说布莱克的对立是一种关系，这种关系没有任何转变的可能性，也没有其他可以"调和"的中间地带，一切对立的因素是不包含类似错与对的价值判断在其中的，只有两者同时存在，尽管这种存在是对立的，却不依靠征服另一方作为前提，并且它们在功能上相互依存，才能既避开"区分"，又同时避开"倾向性"。

在奠定了这样一种关系基础后，布莱克又在随后的篇章中用神话寓言的形式进一步展开了论述：

> 那些曾把这个世界纳入其感性存在的巨人们，现在似乎是戴着锁链活在世上，而实际上他们才是这个世界的生命之因和一切活动之源；而锁链就是软弱和被驯服的心灵的诡计，它们有对抗激情的力量——据地狱的箴言："怯于勇气者善于使诡计。"
>
> 这样存在就分为两部分，一部分是创造，另一部分就是毁灭。对毁灭者来说似乎创造者在他的锁链中，但实际上不是这样；他只能掌握存在的一部分而幻想掌握了全部。
>
> 但是除非毁灭像海洋一样吞没创造的过度的欢乐，否则创造将不成其为创造。

这三段文字可以看作有关对立面的进一步阐释，主要包括一个微小的巨人神话叙事，展现出两个关键的对立因素——创造（prolific）和毁

---

[1] Dan Miller, "Contrary Revelation: 'The Marriage of Heaven and Hell'", *Studies in Romanticism*, Vol. 24, No. 4 1985, p. 498.

灭（devouring）。首先，我们来看有关巨人的神话。巨人是布莱克神话中"天神"（zoas）的原型，他们是永恒世界的活力所在。锁链象征着这种活力的束缚，但我们看到这个锁链实际上是一种"诡计"，亦即是有关心灵所制造出的幻觉。这股产生"诡计"的力量尽管是软弱和被驯服的，却不是需要克服的。如此一来，巨人就处在一个对立的关系当中，创造和毁灭分属这则关系的两个极点。Prolific 这个词原意指的是多产，而 devouring 则指的是吞噬，因此真正的对立面尽管是相对的，但具有共同的特征，两者都包含了动因，无须外界带来转变的催化力量，一端创造了起点，另一端划定了界限，一切人类得以发展的动因就存在于这个空间里。而以巨人为原型的寓言叙事，其中也包含了我们在认识对立面时出现的视觉隐喻转换："换回到先前对立面的语境当中，这就意味着巨人这个形象当我们从内而外地观看时，他就由激情所组成，但从外而内看时，他就由边界所决定和组成。"① 由此我们可以进一步发现，布莱克之所偏重外形、轮廓，而不重视色彩，其中也包含着展现对立面的内涵，这种内涵体现在视觉和表现的限定当中，它时刻提醒着人们在从外部观察画像中的人物外形时，也需注意其对立面，也就是内部"灵视世界"的存在。"灵视世界"对应的正是永恒世界的本真存在，而在这样的世界中，处于对立面之中的两者限定在某种关系之中，体现出相互依存的关系，但互相依存绝非互相制约，这种关系使得处于对立关系中的两极首先能清楚地认识到自身的局限。其次，也因有了局限所在，对立的两极才能把自身的活力发挥到极致。

至此，一幅有关对立面的完整图景得以展现。正如米勒所言："阅读布莱克对对立面的剖析和叙事包含一个倒退的过程，它首先意味着理性和激情是对立的存在，而后它们又是相互依存的，再者尽管它们相互争斗，但却无法分割，并且永远也无法分割。最后，创造与毁灭的特征，甚至是理性和激情的概念，只有在对话当中才是具有活力

---

① Dan Miller, "Contrary Revelation: 'The Marriage of Heaven and Hell'", *Studies in Romanticism*, Vol. 24, No. 4, 1985, p. 505.

的，这种对话不仅清楚地展现了每一部分的特征，并且在这个意义上，清楚地展现出其自身表征的错误所在。"① 这种独特的对立关系又使"有关对立面的真理恰恰成了无法述说的真理，只能通过对立的展现得以实现"②。

从对立面的特征来看，对立面之所以存在，最为关键的因素在于理性、宗教等因素对想象力的僭越。而如若我们将这一点放入诗画关系中考量，则有两点重要的启示。

首先，我们如若将布莱克的诗画分作两个独立表意的单元，那么我们就是在用理性思维区分这两者，继而在这种区分之下，图像和诗歌就会表现出单方面表现功能的放大，从而表现出对另一方的僭越，如此一来与视觉相关的想象力就呈现出被遮蔽的局面。因此，布莱克的诗画关系，并非由它们的表现方式差异所决定的，而是暗含于上述一切诗学思想当中。

其次，我们关注到布莱克之所以要选择图像和文字共同来表现想象力是因为他认识到想象力作为对抗理性的关键因素，如若直接取代理性而存在，那么这无异于用理性的方式来对抗理性表达，这无异于同义反复。因此，针对理性当中"善"和"恶"的区分，布莱克区别了想象力之中的"精神"与"肉体"，并且从一开始就消除了"善"和"精神"、"恶"和"肉体"的直接对应，从而在诗画表现对象上直接确立了表现范围，一切以"人"为起点，通过诗画中有关人的姿态元素的论述，来展开想象力的具体表现。从这两点来看，诗画体现在对立面中的真正内涵在于"创造和毁灭"的关系之中，诗歌不断通过将想象力幻化成具体的人，并且由对"人"的叙事，从而不断勾勒出想象力的"创造力"，而图像则通过对轮廓、线条的强调，不断限定想象力所能"看见"的范围，从而使整个想象力的世界得以统一在诗画关系的内部。

---

① Dan Miller, "Contrary Revelation: 'The Marriage of Heaven and Hell'", *Studies in Romanticism*, Vol. 24, No. 4, 1985, p. 505.

② Ibid..

三 对立面的表现

布鲁姆在解析《婚姻》时曾指出:"阅读《婚姻》最难之处在于如何辨识其中的反讽:布莱克于何处用直白的语言在论述问题?"[①]这种反讽的特征也发生在我们通过想象力来解读对立面的构成当中,也就是说我们同时明白想象力构成了对立面,以及对立面以诗画结合的方式展现了想象力,那么布莱克为何要安排这样一种反讽性的关系呢?要弄清楚这一点,我们还需从《婚姻》背后的叙事者说起。

从文本展现出来的内容来看,《婚姻》背后的叙事者的确是不确定的。假定真的存在统一的叙事者,那么这位叙事者所经历的场景也是多变的,他既能潜入地狱,又能聆听先知的教诲,同时还能了解天使和魔鬼的立场。如此一来,文本背后的叙事者正因为经历的场景不同,所以选择了多样的文本来展现。讽刺、箴言、抒情诗表现等多样的文类聚集在一起,体现出文本内部的狂欢特质,继而布鲁姆认定的讽刺效果也就顺理成章了。即便如此,如若我们将《婚姻》归入某种既有的叙事类型加以分析,则必须满足以下两点论证前提:其一,叙事者有明确的立场;其二,叙事者的立场需与作者的观点相吻合。但仅从文本所展现出来的内容来看,布莱克似乎并不纠结于是否有明确的立场,也并没有急于在文字文本中表露出自己的倾向。较为吊诡的是,布莱克恰恰在展现"对立面"时,模糊了叙事者和他自身的倾向性,继而明确反对了"分割"的二元论和带有"倾向性"的一元论表述。种种迹象表明,布莱克并没有打算用某种统一的思维模式来分割对立面,并表达自己明确的倾向性。

约瑟夫·维斯考密(Joseph Viscomi)通过细细比对《婚姻》第21—24块雕版中布莱克所用技法与其余部分的差异,认为整部《婚姻》

[①] Harold Bloom, "Dialectic in the Marriage of Heaven and Hell", *PMLA*, Vol. 73, No. 5, Part 1, 1958, p. 501.

的最初构思与最终展现出来的顺序有着较大的差异①，继而打破了布莱克统一构思《婚姻》的说法。笔者认为，维斯考密的结论对我们解读《婚姻》有着举足轻重的作用，他不仅帮助我们革新了对《婚姻》成书的认识，更为关键的是，其中也隐含了考量图像文本和文字文本差异的方法，笔者认为如若将这一思路进行扩展，可以尝试着回答布鲁姆提出的这一疑问。

按照维斯考密得出的结论，《婚姻》的第21—24块雕版是布莱克最初安排的文本内容，其中主要对应的内容是《婚姻》中的第六次说明性的文字和第五则难忘的幻象。② 其中第五则难忘的幻象中包含天使与魔鬼的对话以及天使向魔鬼的转变过程，凭借这一点，学者约翰·E. 格兰特（John E. Grant）提出此处的文字文本和《婚姻》卷首的图像文本有着对应的关系。③ 这样的理解也许过于简单化，如若布莱克仅仅是为自己的文字文本对应着做插图，那么也许文字文本中无法避开的悖论和表述的极限，通过插图就可以简单地补充解决了。其实，我们通过细细比对图像文本和文字文本，还是可以发现一系列的差别。卷首的插图见图2-2。

米切尔发现，文字文本和图像文本有如下不同点："（1）文字文本中的恶魔和天使都是男性，而图像中的这两者都是女性；（2）文字文本在描述对话之后，紧接着出现了自我献祭的场景，而图像中则描述的是两性的接触；（3）第24块雕版中的其他细节并没有出现在图像文本当中。"④ 可见，图像文本和文字文本之间的对应性并没有那么强烈。关键在于，作为卷首的插图，布莱克在此也利用图像文本内部的构成特性展现了《婚姻》的主题：对立面。

---

① 可参见 Joseph Viscomi, "The Evolution of 'The Marriage of Heaven and Hell'", *Huntington Library Quarterly*, Vol. 58, No. 3/4, (1995), pp. 281-300。

② 此处对文本的细分主要参照了学者鲁米的观点，具体可参看 Martin K. Nurmi, "Blake's Marriage of Heaven and Hell: A Critical Study", *Research Series 3*, *KentState University Bulletin*, 45, 1957, pp. 14-23, 28-29, 59-61。

③ 详见 David Erdman and John Grant, *Blake's Visionary Forms Dramatic*, Princeton University Press, 1970, pp. 63-64。

④ W. J. T. Mitchell, *Blake's Composite Art*, Princeton University Press, 1978, p. 10.

第二章 文字和图像的对立关系

图 2-2 威廉·布莱克:《天堂与地狱的婚姻》,雕版 1,版本 C,
1790 年,纽约:摩根图书馆和博物馆

　　通过较为直观地读图,我们不难发现图中的色彩呈现出明显的上下差异,其中以树木所在的地面为界限,上方的图像颜色较为明亮,下方的图像则较为暗淡。照此我们是否可以说,布莱克在此展现的对立面就是按照上下之别做出的呢?

　　其实不然。颜色固然是图像文本中较为明显的一对差异,但是进一步来看,这幅图像中还存在更多对立因素。按照米切尔的概括来看,图中的对立元素有:"火焰和云朵;红色和蓝色;从左边向上飞起,展现出向内冲击姿态的女性和右边展现出向外迎接姿态的男性。从上方来看,左边的树木向右伸出树枝,右边的树木则缩向自身。树下的这些成对出现的人物,左边的一对手拉着手走向右边,右边的则移开脸庞,并

· 49 ·

且相互分离，一个跪下身体，另一个躺在地上……带有动作的一面展现出和谐的性爱场面，而被动的那一方，展现出不和谐的分离样貌，其中男性似乎用一个乐器在向冷漠的女性求爱。"[1] 可以看出，米切尔的论述中暗含着一种新的分割方式，如若不按照上下来分割整幅图像，并且从所展现的对立对象出发，沿着中心图像中左边那个女性人物，自左下角向右上角做一条分割线，则可以让整幅图显现出对角线对立的样貌。左边的所有人物，连同树木和火焰，暗示出和谐而主动的一面，右边的人物、树木和云朵，则展现出分离和被动的一面。如此看来，我们可以发现，这幅图倒像是对应《婚姻》文本中"善是被动的，它服从于理性；恶是主动的，它来自激情"这句话。

　　当然，笔者这样论述并非要驳斥学者先前关于《婚姻》开篇图像文本和临近结尾处文字文本的对应性论证，而是试图发现布莱克文字文本和图像文本的特殊关系。具体来看，我们先前已经得知，布莱克之所以在用文字文本论述"对立面"时出现悖论的情况，是因为布莱克发现了文字文本描述理念时不可兼顾对立两个方面的悖论，那么这是否就意味着借助图像文本来弥补呢？

　　诚然，文字文本中所努力避免的"区分性"和"倾向性"在图像文本中得到了很强的体现。在卷首的图像文本中，我们除了看到对比强烈的元素之外，还从中依稀看到了布莱克的倾向性，图像左边的一系列元素，展现出活力、和谐，充满了色彩的张力，从而表现出布莱克对于恶魔的倾向性。但是这并非整幅图的核心要义所在。我们通过仔细发现图像中的文字图案不难看出，图下方"天堂和地狱"（Heaven and Hell）这几个字和图像上方"婚姻"（Marriage）这个字用的是完全两种字体，用米切尔的话来说："'天堂和地狱'这几个字，用的是相对僵硬、大块的字母，而'婚姻'这个关键词则用的是更夸张，其线条和曲线自由飘动的更具活力的风格。"[2] 如此看来，也许布莱克在图像中表现出对恶魔这一面的倾向性。但如若按照图像中所显示的那样，跳出对立面

---

[1] Harold Bloom, *William Blake* (*Bloom's Major Poets*), Chelsea House Pub (L), 2002, p.121.
[2] Ibid..

的展示，我们可以看到真正能够代表布莱克思想的恰恰在于"婚姻"这个联结性的要素当中。也就是说《婚姻》虽然包含对立面的展现，但真正的要义在于"婚姻"，亦即对立面的联结和彼此依存。因此，笔者认为解读这幅图像，除了米切尔认为的对角线式的分割解读之外，还需兼顾图像中显现出来的以树木和树根为界限的"上下分割线"，除了看到以人物为主要区别特征的图像之间的对立之外，还需看到图像当中字体的差异，两者结合在一起，可以更好地发掘《婚姻》的主题。

因此笔者认为，布莱克之所以要安排文字和图像呈现出反讽的关系，其目的就在于用图像中人物形象的差别显现出对立面的表现，用字体的差异指出对立面的关系。要同时展现这两者，无论是文字文本和图像文本都无法通过仅仅描述对立面这一层面而达到，文字文本体现出的悖论并没有通过图像文本得到补充性地解决。因为，如果布莱克真的想通过图像文本来真正点破上述的两个层面，那么"天堂与地狱"这个对立层面就会和"婚姻"这个核心要义出现在同一个元素单元内（要么在树根之上，要么在树根之下），可是按照图像文本的内容来看，布莱克似乎指明天堂和地狱的确是对立的，但这两者的关系，亦即"天堂和地狱"中的"和"所体现出的连接语义与"婚姻"这个词的语义是相悖的，至少不是在同一个层面。如此一来图像中所"展现出来的"和"想要表达的"之间的悖论依旧存在。借助这样一种悖论式的存在，布莱克最大限度地避开了理性的一元叙事逻辑，并且在二元的关系中保留了"想象力"的活力。布鲁姆饶有趣味的指出："地狱和天堂之间存在对立，但无超越性，两者虽然完婚，但却没有组成一个家庭或者实体。"这句话的前半句似乎可以用来说明为何要对图像做上下的分割，后面半句则一针见血地指出了"婚姻"这个词的具体意思，对立面的存在实则是联而不姻。

第三章 文字与图像的生成

既然布莱克的图像和文字的关系可以定位在"对立面"当中，那么我们就需进一步发掘这种关系是如何构成的，亦即探究文字和图像的生成及其意义。

前文中布鲁姆认定文字文本和图像文本"联而无姻"的观点在苏珊妮·朗格的论述中得到了最为夸张的回应。这位艺术史研究者判定，"艺术中根本没有美满的婚姻——只有成功的奸淫"①。言下之意，在艺术的范畴中，一种艺术门类或者艺术表达范畴只有完全屈服于另一种才能获得成功。

既然无法创建婚姻的关系，那么我们转而将文字和图像的关系框定在传统的"姐妹艺术"当中似乎是切实可行的策略。在西方艺术史批评传统当中，莱辛的《拉奥孔》对诗歌和绘画这对姐妹做出了较为全面的论述。莱辛秉承了西方"诗如画"（ut picture poesis）的认识传统，认定"自然"扮演了诗歌和绘画共同的父亲，这一共同的"血缘"关系带来了姐妹俩共同的表现功能，其差异仅存在于表现方式的不同。莱辛对诗歌和绘画的艺术功能进行了区分，认为绘画与空间、身体、感觉世界相连，诗歌则和时间、精神世界相联系，并且这种诗画分野最终决定了诗歌高于绘画。

在布莱克生活的年代里，艺术家对这一认识相对保守，米切尔概括

---

① Suzanne Langer, *Problems of Art: Ten Philosophical Lectures*, Scribner's Sons, 1957, p. 86.

说："在'诗如画'这个观点的指引下，艺术家只需将绘画和诗歌表现得越接近，就可以克服时间和空间、身体和灵魂的分离，要么将两者合并在一起成为互补的表现，要么退而求其次，只求表现共同的主题——自然。"① 首先，按照这一思路，似乎有关布莱克文字文本和图像文本关系的探讨就可迎刃而解。因为认定两门艺术的共同表现对象，就可以催生一种可相互借鉴、相互参照的研究方法。既然共同的表现主题是自然，那么差别就在于如何表现，顺着这种思路，研究者只要兼顾艺术表现的分析，"求同存异"地细细区分就可完成艺术表现上的界定。其次，如若对自然的模仿和表现是两种艺术的共同使命，那么诗画艺术就可以"万变不离其宗"式地进行相互借鉴。从这一点来看，我们似乎可以将布莱克的诗人和画家身份提升为某一种既定的模式当中，通过对其作品的研究，将关注点落在"转变的可能性"上，就可以为这一研究范畴提供较为完美的例证。最后，如若这一研究缺少理论依据，我们亦可转换思路，研究两者的互补性，如此一来，对布莱克的相关研究就可成为一个个案，为文字文本和图像文本的系列研究提供范例。

但无论是区分、借鉴还是互补，前提是将布莱克纳入某个既定的传统当中进行研究，容易忽视布莱克自身的诗学，继而忽略布莱克的独特个性。既然我们先前颇费周折地重点探究了布莱克诗学当中有关视觉隐喻和对立面的相关内涵，那么我们只需参考这些发生自布莱克自身诗学里的因素，就可以围绕着他自身展开研究，从而避免将布莱克当成诗画关系研究序列中的一个片段，毕竟我们在此关注的是布莱克自身的诗学，诗画姐妹艺术只是其中参考的一个方面。

一　布莱克眼与诗画"姐妹艺术"

回到布莱克自己的论述来看，他在《婚姻》当中写过这样一句话："对狮子和公牛都适用的一条法律就是压迫。"这是布莱克对一元论的

---

① W. J. T. Mitchell, *Blake's Composite Art*, Princeton University Press, 1978, p. 33.

直接反对。在绘画和诗歌的姐妹关系中，如若两者都适用于描绘自然，那么自然就是其背后的唯一法则，这则法则同样在诗画关系当中扮演着压制者的角色。用米切尔的话来说："当唯一的法则或者'主要的原则'被称为'自然'之时，并且这个概念被定义为一个外在于人类意识的现实时，问题就会变得更为复杂。"[1] 复杂的原因在于，布莱克对"外在于人类意识的现实"这个描述本身是持否定态度的。在他的诗学认知体系中，"外在"和"内在"这样的区分并不存在，只有更接近于"上"和"下"的区别。"上"指的是永恒的世界，"下"则指的是堕落世界。传统诗画诗学当中有关"自然"的界定，只属于布莱克的堕落世界。在布莱克看来，诗歌和绘画中所蕴含的视觉因素只存在于堕落世界中，并且只体现在对永恒世界的观察上，而不是对现实的描绘。这是我们理解布莱克诗画艺术的关键前提之一。

其次，这并非意味着布莱克是在有意区分诗歌和绘画的表达功能。这对姐妹在他眼中没有高下之别。从这一点来看，布莱克并未如一些批评家想的那样已经用自己的创作打破了诗画关系。相反，布莱克在这一点上是传统的继承者。因此，借鉴《婚姻》当中有关对立面的论述则成了我们理解布莱克自身诗画艺术的另一个前提。

一般认为诗歌和绘画如若同时出现在一个媒介单元里，诗歌或者文字文本描述了绘画的场景，而绘画则展现出了文字所未能传递的具体空间塑造。两者的逻辑是共通的，亦即文字和绘画互相补充。我们很难想象像布莱克这样注重诗画细节、主张"细微的辨析"的艺术家会认同以上的观点。在他的文本当中，我们经常遇到的情况是诗画脱离的情况（比如《婚姻》卷首那幅图像），我们似乎缺乏足够的证据证明布莱克的图像完全可以和文字文本对应起来。事实上，当我们顺着这样一种逻辑去布莱克的作品中寻找诗画的印证关系时，就会不自觉地带着分析的倾向性，或以图像为本按图索骥，或以文字为本削足适履，因为我们相信，文字和图像都具有传递意图的表征功能。

---

[1] W. J. T. Mitchell, *Blake's Composite Art*, Princeton: Princeton University Press, 1978, p.16.

关键在于，对于像布莱克这样的插图画家，要想传递自己独特的艺术理念是非常困难的。除去他自身的艺术构想之外，从插图画家的身份来说，我们可以发现他除了在兰贝斯时期开始为自己的诗歌作画之外，还为别的经典作品做过一系列的插图。如果说布莱克在为自己的诗歌和绘画时可以较为自由地体现出独创性，那么是否当他在为已有的经典作插图时就显得捉襟见肘了呢？要回答这一问题，我们需具体比较布莱克与同时代插图画家在面对已有经典时的不同处理方式。① （见图 3 - 1 和图 3 - 2）

图 3 - 1　威廉·布莱克：《逐出伊甸园》，取自《为〈失乐园〉做的版画》，雕版 12，1807 年，加利福尼亚：亨利·E. 亨廷顿图书馆和画廊

---

① 需指出的是，这两幅图的对比并非笔者的原创，对它的解读和分析建立于米切尔的分析之上。详见 W. J. T. Mitchell, *Blake's Composite Art*, Princeton University Press, 1978, pp. 17 - 19。

图3-2　E.F. 伯尼：《失乐园插图》，1799年，俄亥俄：俄亥俄州立大学图书馆

伯尼是传统插画的代表画家，他的画作较为贴切地"表现"出了失乐园的具体主题。亚当和夏娃在大天使的带领下，一个身体往后倾，表现出勉强的姿态，一个则干脆将头转了过去，不舍地从纵深的林子里走了出来。对比二者，我们不难看到，布莱克的画作里不但没有任何自然背景，人物的姿态也是向外的，亚当和夏娃两人都朝天上望去，没有任何恐惧的面容。其中的原因笔者在此不多展开，只从较为浅显的差别入手探讨。

《失乐园》的相关主题表现在伯尼的画中得到了和文字文本较为明显的联系，无论是人物的姿态，还是场景的细节都可以在故事原型中找到对应表达。而布莱克用来表现相关主题的图像却只保留了最基本的人物设定，其中人物的姿态和场景均无法在已有的文本中找到。布莱克显然已经不再用图像具象来表现文字内容，而是加入了自己对《失乐园》

相关主题的阐释。如若按照布鲁姆的说法,这体现出布莱克作为强者诗人对先辈的"影响的焦虑",那么对此种焦虑的克服,势必包含他自身诗学体系的原创因素。继而,在这种原创因素当中,布莱克所要展现的不再是原先文本当中的细节对应,而是一种理念。凭借这一点,他和伯尼的差别用米切尔的话来说就是"灵视和图解的差别,一个是改革者,另一个则是一名翻译家"①。

改革者意味着布莱克需要革新人们对待文字和绘画的一般认识。而一般认为,诗歌在读者心中唤起类似图画的效果需通过两种方式:第一,场景性的叙事和视觉性的意象。无疑,就这一点而言,最佳的考察对象是他早期创作的纯文字诗歌。但是,米切尔认为在布莱克的早期诗歌当中,"诸如'荒野山谷'或者'回声树林'这些场景当中,并没有体现出18世纪带画面感的诗歌对光、影、透视效果等方面的处理"②。第二,可以看到,布莱克的场景叙事中并不带有画面感,布莱克所真正关心的是诗歌当中的人。需要着重指出的是,这里的"人"指的并不是以人为主的意象,而是带有视觉观察角度的"观察者"。

在兰贝斯时期的绘画当中,布莱克在表现作品当中的"人物"时出现了明显的背离。我们知道在布莱克的绘画当中,"由理生"作为一位典型角色,经常以白胡子老人的形象出现。但在诗歌当中,布莱克却并未用直白的语言描绘这位人物的外形特征,甚至没有任何标志性的细节。诸如白胡子、老年样貌等这些画中出现的元素并未在诗歌中得到体现。相反,布莱克在诗歌中,用来描绘由理生的方式呈现出两种特殊的形态。其一,由理生本身以模糊化的形象出现,"由理生是一团恶魔的烟雾,是一团无整体的抽象之物。这位云雾般的天神坐在水上。时而可见,时而朦胧"③。其二,绘画当中"由理生"这一白胡子老人的形象却对应的是诗歌当中反叛的年轻者。比如在《四天神》之中,他就被

---

① W. J. T. Mitchell, *Blake's Composite Art*, Princeton University Press, 1978, p. 19.
② Ibid., p. 21.
③ David V. Erdman, ed., with Commentary by Harold Bloom. Rev. edn., *The Complete Poetry and Prose of William Blake*, University of California Press, 1988, p. 83.

描述为"光之王子"。无论是模糊化的描写,还是诗歌和绘画中人物形象的表达出入,这些都表明布莱克用来描绘具体对象的方式是非描绘性的。当然,诗歌当中完全没有视觉意象是不可能的。布莱克自己也说:"天底下根本不存在不带意象的思考。"① 于是,既然视觉意象不是直观的描绘,那么至少它们就是某种特殊视角下的产物。

反观布莱克的绘画,按照传统的姐妹艺术观,它是否具备文字才有的功能呢?

参照18世纪的主流画派来看,绘画要体现出文字才有的功能,势必要利用自身的特点,通过绘画的元素构建充满叙事性的画面,里面包含人物的细节、景色的位置等。观看者通过自身的视觉经验,从而还原出整幅画背后所包含的故事性。再以伯尼的画作为例,我们之所以会在这幅画中找到《失乐园》的相关主题,凭借的依据就是弥尔顿已经创作出的《失乐园》的原始文本,再加上画作当中亚当和夏娃的局部表情、园内的树木等一系列精确的描绘,原始文本和图像文本加在一起,才能还原出《失乐园》文字文本中未能直观显现出的《逐出伊甸园》的原始场景。

从场景上来看,布莱克的画作几乎没有很强的空间特性:背景模糊,透视感也不强。而在人物表现上,布莱克的人物很少具有典型的特征描绘,无论是不知名的人物,还是标志性的天神,他们的神态、躯体线条都是相似的,缺少可以明显区分的标志。模糊的场景,单一的人物造型,这些都给观看者留下了一种平面的观看体验,远非通过透视、构图、人物造型和空间安排所体会到的立体感。立体感的缺失,画面留下"所有按顺序展开的动作都是即刻和内在的"② 效果。所谓"即刻",指的是一个时间概念,代表瞬间,但我们发现布莱克却是通过空间展现完成的,这种效果类似于现代的照相技术:通过固定空间,锁定特定的动作,从而凝固时间。不过,这种效果的表现绝非布莱克的首创,可以说

---

① David V. Erdman, ed., with Commentary by Harold Bloom. Rev. edn., *The Complete Poetry and Prose of William Blake*, University of California Press, 1988, p.590.

② W. J. T. Mitchell, *Blake's Composite Art*, Princeton: Princeton University Press, 1978, p.26.

所有绘画都可以实现。但是，从展现人物的画作上来看，传统的肖像画呈现出的是完全静态的人物展现，画面中的人物通过逼真的细节展现从而得到放大和突出。反观风俗画，无论展现的是室内场景还是室外的人物与风光，画面通过展现人物与景物的比例（透视效果），描摹人物的动作，展现出画面的纵深叙事感。就这些特点来看，布莱克的画作虽然大多数以人物为中心，但这些人物却没有很强的细节展示。其次，当布莱克将人物的动作和场景的展示共同绘入同一张图时，我们发现其中缺少了指向性。布莱克画作中的人物动作缺乏可供参考的空间连续性，我们既看不到前一动作的踪迹，也很难发现下一行动展开的预判，他展现动作，但没有动态的效果。由此可见，所谓即刻，指的是双重时间的锁定，一个是画面内部时间的架空，另一个是观看者失去了观看人物动作所带来的深度时间感。在布莱克的画作当中，空间和时间呈现出较为怪异的一致性，两者既不以锁定时间来拓宽空间，也不以锁定空间来放大某个特定时刻。

这样一来，布莱克画作中的人物动作的指向性就不是一种叙事关系，而是一种象征。这里需要明确的是象征的来源和指向。在《布莱克和姐妹艺术传统》中，研究者指出布莱克的画作并非完全来源于自己的独创，其中包含了借鉴于别处的东方化的、神秘的、荒诞的图像，甚至包含那些意图难辨，出于"秘教"崇拜的图腾，比如布莱克画作中经常出现的天鹅少女、人形龙身怪等。[1] 但考证出这些图像来源在笔者看来并不能指明布莱克的具体用意。关于这一点，米切尔的分析值得我们参考。他沿用了传统的考证方法，发现布莱克印刻在《耶路撒冷》当中的罗斯这个形象与丢勒的名画《忧郁》之间的关联（见图3-3和图3-4）。

对比这两幅画，我们首先可以直观地发现，图中主要表现的两个人物具有相同的姿态，两者都用左手拖住了脑袋，做出了典型的沉思状态。其次，图3-4的构图相对简单，不像图3-3中有这样多充满隐喻

---

[1] David Erdman and John Grant, *Blake's Visionary Forms Dramatic*, Princeton University Press, 1970, pp. 88–89.

图 3-3　丢勒：《忧郁 I》，1514 年，纽约：纽约公共图书馆

色彩和象征意味的物体。当然，最为明显的差别在于主要人物的头部造型上，图 3-4 中的人物呈现出鸟头人身的状态。据阿瑟·西蒙斯（Arthur Symons）考察，布莱克的绘画藏品中的确收有丢勒的这幅图。[①] 所以布莱克对丢勒的借鉴是有据可查的，并且布莱克这幅图中确有与该姿态对应的文字："罗斯哀思那可怕的劳作……/披着麻毛的衣服，坐在他的火炉边上。"也就是说，布莱克在丢勒这里仅仅是借鉴了沉思这一动作。但关键在于，为何罗斯的头会以鸟头的样貌呈现出来？

　　米切尔认为这也是布莱克对丢勒画作的嫁接。在丢勒画作中，人物的翅膀被移植到了布莱克的画作中，并且以鸟头的形式出现，也就是说布莱克保留了丢勒画作中鸟的特征。但除去丢勒自身对忧郁主题的理

---

① Arthur Symons, *William Blake*, Kessinger Publishing, LLC, 1997, pp. 88-89.

图 3-4　威廉·布莱克：《耶路撒冷》，雕版 62，版本 E，
1821 年，耶鲁大学图书馆

解，布莱克在此还用鸟的象征来表明自己的象征意图。在布莱克的象征体系当中，鸟象征着天才。① 大概是这样的联系过于主观和牵强，米切尔在随后的分析中又加入了另一个象征的来源来补充说明"鸟头"的来源。他指出另一个源头是传统基督教图像中圣约翰，这个形象"融合了基督教的图像志，以及文艺复兴时期的幽默理论，以及经典的神话叙事"②。（见图 3-5）

圣·约翰无疑是一位典型的先知形象，他的使命就是显现。如此一来，丢勒画作中的忧郁姿态，再加上圣·约翰的先知"职能"，两者合在一起形成了两个文本的重合，布莱克借助已有的文本，互文性地表达

---

① W. J. T. Mitchell, *Blake's Composite Art*, Princeton University Press, 1978, p. 27.
② Ibid., p. 28.

图3-5　圣·贝尼格尼:《鹰头的圣约翰》,第戎:圣经图书馆

了如下内涵:罗斯作为一原创神话人物,身上的天才(以鸟为象征)正受到压制,呈现出忧郁的姿态,但同样作为一位先知,他必定带来启示的图景,如此一来整幅图中文字文本内容就是罗斯所看到的具体内容,而非对图像的补充说明。还需补充的是,米切尔除了通过揭露罗斯的视角之外,更为重要的是揭露了读者的视角,亦即观察布莱克结构文字和图像的方法。布莱克的画作的确和丢勒的画作一样,在某种程度上都是象征,都是可以用来"读"的,但"读"丢勒的画作依靠的是肉眼,通过寻找散落在画作中隐喻色彩或明或暗的物体来实现,而"读"布莱克的画作首先依靠的其实是"看",需要将人物的视角挖掘出来,并且将这种视角和读者的视角融合在一起才能依靠想象力"读"出其象征的意味。传统的插画书,其中的文字文本要么是为图画提供具体的背景和人物,要么就是主角所说的话(漫画为典型),但较为有趣的是,在布莱克的画作中很少看到对话的场景刻画,主角似乎都在忙于展现姿态,展开动作,可见在布莱克看来,一切象征得以显现的基石在于姿态和动作。

第三章 文字与图像的生成

至此，我们可以发现，布莱克心目当中的姐妹关系并非一种不和谐的状态，而所谓的"联而不姻"也只是表面的形式。传统认识中的诗画姐妹艺术，其实包含了具体艺术功能的区分，在莱辛看来两者都是"自然"的女儿，其目的也都是单一的：为了表现自然，只是方法不同。但在这种不同方法背后，其实蕴含着一系列相互对立的因素。诗歌主要与时间、精神世界相联系，绘画则与空间、身体感官世界相关。这样的对立深入人心，以至于有人相信只要"这两个姐妹将她们不同的力量结合在一起，其中一位传递出灵魂，另一位传递出身体（或外在的身体形式），她们结合在一起产生的影响足以成为挫败死亡的力量：这个世界上的所有世纪将会成为当下"①。布莱克本人也论述过相似的观点："绘画，如同诗歌和音乐，在永生的思绪里存在和狂喜。"② 但这并不足以说明布莱克和传统的观念一致，希望通过创作融合两种艺术，达到某种较高的艺术超越性。

其实恰好相反，布莱克对待这对"姐妹"的态度建立在一种非超越性上，因为一切对立面在布莱克看来都是非超越性的存在。非超越性意味着对立面的双方并不会完全牺牲一方转变成另一方，也不会通过辩证的矛盾转换关系创建出新的存在关系。诗歌和绘画，尽管在布莱克看来，最终对于"永生"的世界来说是统一的，但毕竟还是两个对立的艺术门类，既然也属于对立的范畴，那么这两门艺术势必要归入布莱克自己的诗学进行考察。

二 文字与图像的生成模式

莱辛的观点（诗歌致力于表现时间和精神世界，绘画则描绘空间和身体）实际上是做了两个细分：将自然这个表现对象分成空间和时间这两个对立的部分；将自然作用于人类心灵的部分分成了精神和

---

① William Wycherley, *The Plain Dealer*, Montana, Kessinger Publishing, LLC, 2004, p.25.
② David V. Erdman, ed., with Commentary by Harold Bloom. Rev. edn., *The Complete Poetry and Prose of William Blake*, University of California Press, 1988, p.532.

身体。这样的细分在布莱克的诗学中是存在的，但其源头不是自然。为了表述方便，我们不妨按照布莱克自己的诗学观念，按照起源、表现和结果再做一次细分和整合，来看看他是如何看待一系列对立关系的。

首先，从起源来看，他认为"当个体占有普遍性/他就会分为女性和男性"①。这里就包含了布莱克所言的堕落的过程，一个不分性别的整体（普遍性）堕落以后，成为一个个分开的个体，这些个体首先以男性和女性加以区分开来。然后这些分裂开的性别，遇到了堕落后的世界，这个世界以"自然"的面貌出现，这些分裂的个体开始和自然接触，随即产生了一系列表现方式的分裂："时间和空间是真实的存在，一个男性，一个女性，时间就是男性，空间就是女性。"② 自然（堕落后的世界）产生了时间和空间的区分，而生活在其中的人们因此也分裂成了男性和女性。因此整个世界在布莱克看来就是一个夹杂着分裂的堕落过程。

其次，从表现上来看，它包含两层关系。第一，生活在这个世界上的男性和女性，除了分别对应与时间和空间之外，还在和这组对立接触后产生了表现功能上的区分："女性……以她的意志，用一块甜蜜之园和优雅的美感/创造了微弱模糊的夜晚和空寂/……而男性则给她的空间里带来了时间和启示。"③ 这样的结果使整个堕落的世界呈现出一幅无望的景象：空间不断扩展，时间不断重复，所有生活在其中的个体只能在这样的泥沼中越陷越深，无法回归永恒的世界当中。第二，有了时间和空间的分裂，随之也就带来了艺术表现上的分裂。对于画家而言，"空间的形式获得了无以复加的视觉样貌：眼镜的统治……取代了可以在万物中发现永恒的，属于灵视领域中的综合艺术感知力"④。而诗人，则通过不断的回忆（时间上的重复），而陷入了自我表现的局

---

① David V. Erdman, ed., with Commentary by Harold Bloom. Rev. edn., *The Complete Poetry and Prose of William Blake*, University of California Press, 1988, p. 248.
② Ibid., p. 553.
③ Ibid., p. 221.
④ W. J. T. Mitchell, *Blake's Composite Art*, Princeton University Press, 1978, p. 32.

限当中。

最终，如果这个局面持续下去，"当男性和女性/占有了私人化的个体，他们就成了永恒的死亡"①。

布莱克的艺术就是用来克服这一分裂的。米切尔认为，这样并非意味着布莱克就要调停这两者的本质分裂，而是通过在诗歌和绘画中更加激烈地展现出它们对立的模式，从而展现出它们回归永恒整体的艰难。② 但米切尔没有指出这种对立的模式具体是什么。

具体来看，首先在诗歌表现方面，布莱克的文字文本并未完全表露出时间的踪迹。以《婚姻》卷首那首诗歌为例，从意象到叙事，我们可以发现布莱克并没有给出语义的连接，亦即给出事件之所以如此发展的原因，以及事件结果与意象之间的关联。从这个意义上来说，这首诗歌并非完全意义上的情节性的叙事诗，它将叙事内嵌于意象内部进行演化，所获得的效果类似于弗莱所说的"微型剖析"，它是布莱克诗学"细微的辨析"的体现。那么何谓意象内部的叙事演化呢？

布鲁姆注意到，诗歌第二节当中包含了两个值得注意的动词。

> 玫瑰种在荆棘丛生的地方，
> 不结果的灌木丛中
> 蜜蜂唱起了歌。

这三行诗句当中包含了两个动词"种"和"唱"，在原文中，"种"对应的词是"grow"，用的是过去分词形式，而"唱"对应的却是"sing"而非"sang"，所采用的时态是一般现在时。很显然，动词的时态在这两行中的变化暗含着时间的发展，一种行进的叙事以及得到展开。布鲁姆认为正是这种效果的存在，使得我们随着"正直的人"一

---

① W. J. T. Mitchell, *Blake's Composite Art*, Princeton University Press, 1978, p. 32.
② Ibid., p. 33.

起进入了对立面的展现。① 如果将这一效果扩展到全诗,我们可以发现布莱克在这首诗歌中确实包含了暗示线性发展顺序的词:"曾经"、"于是"、"直到"。能够注意到这些细微之处,布鲁姆的分析不无道理,但是他却未能给出这样安排的用意所在。如果按照布鲁姆的指引,那么整个叙事必然会指向一个结果,也就是恶棍驱逐正直的人,从而使整首诗获得一种道德寓言或者反寓言的特性。但事实是,这首诗歌并没有单一的道德倾向,布莱克也绝非在此道德说教,笔者认为诗歌当中出现的时间向量并不指涉叙事时间,而是和视觉相关的空间展现。

这里的时间向量并不是一种线性发展的事件展现顺序,而是一种对立面并存的并置显现,它的意义在于开启。我们可以发现,正直的人所走的路并不是其之所以"正直"的要素展现,诗中并没有解释正直的人之所以正直的原因所在,而是相反,这条道路在展现的同时亦是遮蔽的过程,也就是说正直的人走向的是一条等待被驱赶的道路,在这条道路上,单一的属性(正直)逐渐退去,随着提示时间的词语逐渐展现,对立面一一展开,于是才有了上表当中各种对立的展现,这条道路事实上是从单一性到对立面的展现。诗歌在此通过对立面的显现,用想象性的空间展示代替了时间的线性发展,动词及其时态的展现,撇去了过去和将来的过程与结果显现,呈现出凝聚此刻的表征,这一切是布莱克先知所见的内容,因为在先知的视线当中,过去、现在和未来都是永恒的此刻。

其次,从绘画的角度来看,布莱克的画作与描摹自然空间的关系较为松散。他从未认为自己的绘画在描摹客观的世界,"人们认为他们能复制自然,其准确程度就如同我复制想象力一样,这一点他们将发现是不可能实现的"②。可见在布莱克看来,他的绘画所描绘的是想象力的世界。这一点不足为奇,关键在于,笔者认为他不但展现想象力的世

---

① Harold Bloom: "Dialectic in the Marriage of Heaven and Hell", *PMLA*, Vol. 73, No. 5, Part 1, 1958, p. 501.

② David V. Erdman, ed., with Commentary by Harold Bloom. Rev. edn., *The Complete Poetry and Prose of William Blake*, University of California Press, 1988, p. 563.

界，而且更注重这个世界是如何显现的，也就是说，他关注的是想象力的形成过程（时间维度），而非想象力的具体结果（空间塑造）。从上述"鸟头"和"忧郁姿态"的构造来看，布莱克先后借鉴了丢勒和基督教图像中的元素，这一借鉴过程凝聚了故有图像文本中的不同元素，通过一幅图中凝聚起来的图像叠加，布莱克唤起了读者在解读图像时想象力的凝聚过程，从而形成了类似读文字文本时才有的解读体验。其次，除去人物造型之外，我们可以在布莱克的图像当中经常看到一些类似"枝蔓"、"树条"等造型，这些造型极易被当成一些辅助分割图像的线条而得到忽略。表面上来看，这些线条可有可无，但仔细一看，不难发现这些构图元素中的深意（见图3-6）。

图3-6 威廉·布莱克：《耶路撒冷》，雕版46，版本E，1821年，耶鲁大学图书馆

我们可以发现，图中这个以线条为基本造型的图案，从左往右可以依次分为三个主要部分："蛇头"、"焰身"和"叶尾"。米切尔认为"这种图像处理去除了一般造型中表征性的外形，加入了一个抽象且类型化的造型……火焰、蛇和植物统一在一个蜿蜒的有机体之中"[①]。笔者认为，这其中包含了两个重要的因素。其一，这幅图集合了三个重要的要素：动物、元素和植物，代表了布莱克用一种区别于普通视角的"灵视"视角来观看整个自然，使得整个世界呈现出多维度并存的状态。其二，这幅图显然包含着一股动态的因素，这个奇怪的生物从右往左行进，这就意味着它的"变形"经历了一个过程。而这种过程在文字文本中并未有直接对应的内容，并且此类图像的出现一般也和主体图像有着较小的关联度，如此一来，这个图像就代表着一股独立于图像和文本的力量，这股力量就是想象力。布莱克通过类似的图像向人们既揭

---

① W. J. T. Mitchell, *Blake's Composite Art*, Princeton University Press, 1978, p. 37.

示了一个包含了多维视角的世界，又向人们展现出艺术家、观看者想象力逐渐形成的动态过程。因此，在他的图像文本中，并不仅仅是通过图像造型来模仿自然，而且包含了时间向量的动态元素。

由此可见，布莱克的艺术实践表明，他心中的诗画关系并不是一组对抗的关系，两者并非要战胜对方，取得高下之别，他通过建构灵视的世界，将诗歌中的时间和绘画中的空间进行融合，从而创造了一个米切尔所说的"有机形式"（Living Form），其中"抽象的线段和整体的表征，图像中画面空间所呈现的戏剧性人物造型，时间维度中诗意想象的戏剧性表达，两者相辅相成……"[1] 除此之外，应当补充的是，布莱克对待这种"有机形式"的方式是建立在他对待一切"对立面"的态度之上的。图像文本和文字文本，两者呈现出《婚姻》中所揭示的多产（Prolific）和吞噬（Devouring）的关系。布莱克并未卷入传统意义上绘画和诗歌关系的争论当中，从而夸大某一种艺术表现。相反，布莱克通过建立一个统一的维度：灵视和想象的空间，将两门艺术表达统一在一起，其中任何一方都能产生强大的艺术能量，但这种艺术能量并非压倒性的，而是在另一种艺术门类中达到了内化和吸收，从而在一组对立的关系前提下，两者共同作用，呈现出了布莱克自己的艺术世界。这种诗画对立面的作用则在《婚姻》中以"地狱酸蚀法"隐喻性地展现了出来。

三 文字和图像的显现过程

布莱克独特的诗画观念，是由他的特殊身份：诗人和版画家所决定的。兰贝斯时期的布莱克不仅进一步拓宽了诗歌的表现范围，而且在绘画技巧上进行了重要的革新。并且这两者的发展是同步的。笔者认为，这种同步发展并非巧合。

兰贝斯时期也是布莱克艺术事业的重要发展阶段。在这一时期，布

---

[1] W. J. T. Mitchell, *Blake's Composite Art*, Princeton University Press, 1978, p. 38.

莱克发明了独属于自己的艺术技法——酸蚀显现法（relief etching）。这种方法先用抗酸漆画出图案，然后用化学用酸将其他区域腐蚀，从而将图案凸显出来，最后再用纸将图案拓下来，进行手工着色，从而确保每一份印刻版本都是独特的。① 但是，有学者指出，这种雕版工艺在18世纪并不能算是技法革新，反而可以说是一种倒退。那么，布莱克为何会在这一时期选择革新这种技法呢？

在一封给特拉斯勒（Trusler）的回信中，布莱克显得情绪激动，信中的用词也咄咄逼人，几乎用一种捍卫的姿态表达了自己的观点。在特拉斯勒看来，布莱克的画作中的"想象成分似乎来自另一个国度，或者说来自精神世界"，而他想要的绘画作品"应该遵从这个世界的自然法则"②。布莱克就此番言论回应说："如果我错了，我也错得值得尊敬……你应当知道，弱小的人是无法理解宏伟的事物的，那些需要给傻瓜做出详细解释的东西我是不屑一顾的。最为明智的古人把最不具体的事物当作最适合的艺术法则，因为它可以带来艺术创作才能。摩西、所罗门、伊索、柏拉图和荷马皆属此列……而我知道这是个想象和灵视的世界，我把在这个世界里看到的事物描绘出来，但并非所有人都能理解。"③ 客观地说，特拉斯勒所秉承的艺术准则在18世纪是较为普遍的。而从布莱克对他的回应中不难看出，这种普遍流行的观念恰恰代表着对现实世界的遵从和临摹，属于"普遍的知识"的范畴。而"想象和灵视"则是布莱克建构整个诗学，乃至艺术理念的基石。在他看来诗歌天才是万物发生、发展的首要原理，这其中也包括艺术。并且依照此原则，万事万物都有了创世的本源。依照这样的观点来看，布莱克把"想象和灵视"当作打破传统理性以及二元对立思维的方式。在这种二元对立中，肉体和精神的相互对立原则是首先需要打破的。

至于具体如何打破，布莱克在《婚姻》中借助魔鬼之口向人们表

---

① 有关布莱克具体的雕版工艺，可参见 Joseph Viscomi, *Blake and the Idea of the Book*, Princeton University Press, 1993.
② Keynes, Geoffrey, ed., *The letters of William Blake*, Rupert Hart-Davis, 1956, p. 37.
③ Ibid., p. 34.

明:"靠的是一种阴间的刻印手法,使用各种酸蚀剂,那些地狱中的有益健康的良药,将外在的表面熔化掉,展现出里面藏着的无限。"① 此段文本,丁宏为认为它包含了布莱克对打破"肉体与精神"的具体方法的表述。概括来说,酸蚀前的准备工作代表着精神上的准备、看待事物方式的激变,使物体内部的空间得以扩大。继而用酸蚀"刻"出画来则代表着无限的内部空间发生了变化。最后,也是最为关键的在于蚀刻出来的图案,只有象征着轻盈的想象的鹰才看得到。② 由此可见,布莱克之所以选择如此独特制图工艺,并非通过与主流技艺相异,不惜逆潮流而退来标新立异,而是因为这一整套的制图方法,正好隐喻了他的诗学内涵。无论是诗歌还是绘画,其背后并非自然世界,精神和肉体,时间和空间仅仅是一层浮在自然之上的假象,这样的世界不是用来模仿的,而是用来移除的,所谓"地狱酸蚀法"是通过雕版技艺将表面的雕版腐蚀,显露出正直的图案,这本身就是布莱克想要统一诗歌和绘画,连接精神和肉体,时间和空间的努力。在布莱克的这种技艺背后,"诗歌和绘画通过相互作用自身得到了放大,从而使得作品获得了比不同部分相加更大的意义,也许其背后隐藏着某种现实,但这种现实绝非可以被时间和空间的世界所限定"③。

除此之外,我们还需看到,布莱克在介绍这一套技法时,所描绘的具体场景。布莱克在《婚姻》中通过描绘一个"地狱的印刷所",向人们诗意地介绍了一整套显现"灵视"的过程。这个印刷所一共有六个房间,依次由龙、毒蛇、鹰、狮子、无名的形式和人占据着。据国外学者的解读,首先出现的"龙"具有较为明显的性隐喻(清扫洞穴,挖洞)。结合先前引用的布莱克对"两性"的隐喻来看,这里的性隐喻更像是某种原始创造力的隐喻。随后出现的"蛇"主要行使了两个动作:"盘住岩石和洞穴"和"装饰洞穴",由此可见,蛇主要是在圈定和美化洞穴的"外形",代表的是"理性"。鹰则以飞翔的姿态使"洞穴内

---

① 丁宏为:《灵视与喻比:布莱克魔鬼作坊的思想意义》,《外国文学评论》2007年第2期。
② 同上。
③ W. J. T. Mitchell, *Blake's Composite Art*, Princeton University Press, 1978, p. 31.

部变得无限",因此象征着"想象力"。狮子身上熊熊的烈火则代表着某种"激情"。接下来的"无名的形式"则代表着一股塑型的力量,最终被"人"所接受。①

我们可以发现,从"龙"到"人"的地狱技法,其实象征着"最初的创作冲动——理性——想象力——激情——结构"这样一整套的创作过程。由此可见,布莱克的诗画关系创作背后,其实隐含着诸如"想象力"、"理性"等关键的要素,以下几章里,笔者将重点探讨这些要素是如何在布莱克的作品中形成并且加以表现的。

---

① Mary V. Jackson, "Prolific and Devourer: From Nonmythic to Mythic Statement in 'The Marriage of Heaven and Hell and a Song of Liberty'", *The Journal of English and Germanic Philology*, Vol. 70, No. 2, 1971, pp. 214–215.

第四章 文字、图像与想象力

布莱克的文字和图像作为一种异质性的构成，与想象力之间有着复杂的联系，想象力是对文字和图像对立关系的支撑，而文字和图像反过来又是对想象力的表现和传达。这一组关系虽然布莱克在《婚姻》中有过论述，但这部作品侧重对立面和诗画关系的显现，而关于想象力的具体来源、特征和展现方式，则直接体现在《所有宗教同出一源》(*All Religions Are One*)和《没有一种自然宗教》(*There Is No Natural Religion*)这两部早期作品中。因此本章将深入考察想象力的起源、表现方式以及作用对象，来探明这股支撑诗画对立关系的本质力量。

从前文分析中我们已经得知，"先知"这一概念与想象力有着最为直接的关系，并且它可以被视作布莱克人格化了的想象力。因此，作品中有关先知的论述，其实就是布莱克对想象力的阐述。除此之外，作为承载想象力的两个媒介，图像和文字又分别以各自的功能展现出了先知（想象力）的不同特质。

一 想象力的显现功能

在该作品的第一块雕版中，文字文本显示着这样一行标语："旷野中的呼喊。"[①] 而我们通过观察该雕版的插图内容（见图 4-1）可以发

---

① 本书中所有涉及《所有宗教同出一源》和《没有一种自然宗教》的相关译文皆引自〔英〕威廉·布莱克《天堂与地狱的婚姻》，张德明译，中国文联出版公司 1989 年版。

现，图中除了背景中的树和石头这两个可以象征旷野的意象之外，并无明显的对旷野场景的描绘。除此之外，图中只有一位身体赤裸，张开嘴似在发声的男性，更引人关注的是这个裸体男性张开手臂的姿势。仅凭文字描述，读者无法知晓这幅画的意思。那么，这个男子是谁？这个姿势又代表着什么意思？继而，整幅画和文字之间又有怎样的联系呢？

图4-1　威廉·布莱克：《所有宗教同出一源》，1795年，版本A，雕版1，加利福尼亚州：亨利·E.亨廷顿图书馆和画廊

在1809年画展的一份宣传中，布莱克说："任何世纪，任何国家，最多只有两三个伟大的画家和诗人存世，而在社会的腐化状态中，这些人虽容易受人排挤，但也可以轻易脱俗……如果拉斐尔成就了意大利的不朽和富饶，如果米开朗基罗就是意大利无上荣耀之所在，如果艺术就是一个国家的荣耀，如果天才和灵感就是一个社会的起源和纽带，那么我作品的特性就源自那些最能理解上述特征的事

物，应此号召，我的画展就是我对国家行使的最伟大的责任。"① 布莱克的画作本身受到文艺复兴时期绘画的强烈影响，米切尔将布莱克的绘画风格直接定义为"浪漫式的古典主义"②。这个称谓颇为古怪，从艺术史和文学史的角度来看，甚至有悖论的意味。按照米切尔的观点，所谓"浪漫式"指的是布莱克画作中哥特式的背景，而"古典主义"则对应的是布莱克的描绘人体接近文艺复兴时期的人物风格。此番评论固然有其道理，但笔者认为相比风格上的继承，布莱克更为关注的是文艺复兴时期大师们创作《圣经》题材作品的独特方式，尤其是拉斐尔的创作。

学界一般认为，《所有宗教同出一源》卷首的那幅插画是布莱克对拉斐尔画作《施洗者圣约翰》的直接模仿（见图4-2）。具体比较来看，两幅画都以旷野为背景，而布莱克插画中的人物"如同在拉斐尔的绘画中一样，这位新的先知直面读者或者看画的人，双手都用来指明方向，手臂向外伸展，向人们揭示一个新的启示……"③ 如此看来，布莱克的这幅画和画下面的词句"旷野中的呼喊"似乎就对应起来了，两幅画通过"画与画"和"画与词"之间产生的互文意义，为整部作品奠定了基调。它意在图中的人物是一位先知，继而整部《所有宗教同出一源》具有"先知书"的特性。

但在笔者看来，无论是布莱克的画和拉斐尔的画之间所产生的影响关系，还是布莱克自身画作和文字所传递的互文意义终归只是表面现象。因为在《圣经》中，圣约翰为人子耶稣施洗，象征着有关"以赛亚预言"的直接实现，而布莱克在此并非要沿用固有的阐释，或者进一步演绎《圣经》中的内容，与其说他是在指明圣约翰这个人物本身，倒不如说是在突出人物身上所具备的先知"身份"和"姿态"。具体来看，两幅画除去相似的地方之外，相异之处更为明显。图4-2中的圣

---

① David V. Erdman, ed., with Commentary by Harold Bloom. Rev. edn., *The Complete Poetry and Prose of William Blake*, University of California Press, 1988, p. 528.

② W. J. T. Mitchell, *Blake's Composite Art*, Princeton University Press, 1978, p. 36.

③ Mary Lynn and John E. Grant, ed, *Blake's Poetry and Designs*, W. W. Norton & Company, Inc, 2008, p. 3.

约翰右手食指指向上方，预示着自天堂而来的全新启示。而图4-1中布莱克所描绘的人物，两个手臂向右展开，尤其是两个手的食指均指向右边。这个细节表明，图4-1更像是借鉴了拉斐尔的《先知以赛亚》（图4-3）。

图4-2　拉斐尔：《施洗者圣约翰》，1516年，巴黎：卢浮宫

但是，仅就画中人物而言，相较图4-1和图4-3，人们可以发现除去手臂的方向相同之外，最为不同的是图4-3中先知以赛亚手中的卷轴。参照《圣经·旧约》的相关内容，以赛亚直接预言了耶稣的降临。[1] 可见在这幅画中，除去先知的"姿态"之外，更为重要的是卷轴所隐喻的"预示内容"。在《以赛亚书》中，以赛亚具体预示说："在旷野预备耶和华的路"，这句话在《圣经·新约》的《福音书》中又被施洗者约翰引用。值得注意的是，施洗者约翰向众人传道时，场景也是旷野。因此，笔者认为，布莱克在画下所写的"旷野"具有两层意思：一是指以赛亚书中的预言场景，二是指施洗者约翰布道的场景。这两个场景分别由拉斐尔的两幅画传递，而布莱克的这幅画作

---

[1] 具体可参见《圣经·旧约》中的《以赛亚书》第九章第六节。

图4-3 拉斐尔:《先知以赛亚》,1512年,意大利:圣阿戈斯蒂诺大教堂

则是对这两幅画的意义整合,亦即"先知姿态"和"预言内容"的综合展示。

尽管如上文所述,我们已揭示出布莱克画作的渊源,但这种展现"考古式"的考证远远不能说明布莱克的真正用意。作为一名带有强烈自我印记的诗人和画家,布莱克从未满足于仅仅展现已有的文学作品,这也是他与一般意义上的插图画家的区别所在,他善于在固有的题材当中加入自己的原创元素。尽管图4-1和图4-2中各有被布莱克借鉴的因素,但是布莱克最为原创的特征则体现在图4-1中向右指的手指当中。

布莱克和所有伟大的画家一样创作时极其认真。布莱克的传记作家本特利曾说:"布莱克白天全神贯注地雕刻他人的作品,晚上则完全疯狂地创作自己的作品……他一刻不停地工作，将娱乐活动视作懒散的行为，将出门观光等同于虚无的表现，把赚钱看作是对远大抱负的损害……"[1]这样的工作状态使得后世的评论家相信，勤勉的工作态度直接产出了精妙的艺术。罗斯（Edward J. Rose）则认为布莱克的时间并不仅仅花在对素材的加工上，而且集中体现在诗学特征的构思上，他认为："阅读他的诗歌，观赏他的插画时，最为重要的是了解布莱克画作中（事物）的方向、位置和分布。尤其有必要辨察它们与他的象征体系以及展现方法之间的关系，了解它们是如何融合在一起，并且激化词语或者视觉的诗学的。"[2] 秉持这一研究方法，罗斯为人们展现出布莱克的创作特征：用沙粒般的"局部"来体现"世界般宏大"的创作理念。无疑，针对前文中悬而未决的问题，画作中的"方向"因素则是这一系列沙粒中的重要一颗。

在布莱克的画作中，人物的动作方向、景物的描绘，以及场景的设置等并非严格按照绘画的法则进行布局。一切都按照他自己的诗学理念进行表现。就人物的动作方向而言，它与空间的方位相连，有关这一点的论述，布莱克直到后期的诗作《耶路撒冷》中才有过较为系统的阐述，它集中体现在有关"宗教之轮"的论述中：

我立于南方众山之间
见一束火焰，它堪比
一圈火轮包围重重天堂：
从西至东，它碾压众物之流，
疾呼的愤怒吞噬世间造物
雷般的诅咒响彻天穹与大地。
它让太阳滚成球体，
让月亮褪成球状

---

[1] G. E. Bentley Jr, *Blake Records*, Clarendon, 1969, p. 477.
[2] Edward J., Rose, "Visionary Forms Dramatic: Grammatical and Iconographical Movement in Blake's Verse and Designs", *Criticism*, Vol. 8, No. 2, 1966, p. 111.

在夜里穿行,这种恐怖而无休止的愤怒,
使得人类自身缩成一英寸的根基。
我问一个旁观者,一个有着圣名的人,
他回答说:"这就是宗教之轮。"
我哭泣着应答:"这把可怕且足以扫平万物的吞噬之剑,
就是耶稣的法则吗?"
他回答说:"耶稣已死,因他奋力抵抗这轮的行进……"

布莱克在此对"宗教之轮"的描述十分细致,尤其指明了它的运动轨迹:从西到东(从左到右)。肯珀(Claudette Kemper)认为:"任何从左到右的运动……都揭示了一种有关'正确方向'的论点,而任何从右到左的运动则是有关'错误方向'的争论。"① 但这样的论述受到了罗斯的驳斥,他认为肯珀的观点过于关注画面所传递出来的信息,而忽视了文本本身的内容。通过上述文本片段,我们可以发现"宗教之轮"虽然从西到东(从左到右)运行,但很明显,它并未给这个世界带来应有的福音,它"碾压"、"吞噬",让"太阳"、"月亮",甚至是"人类"变形。最为关键的是,面对这个宗教之轮,耶稣曾奋力抵抗。可见,这个自左向右行进的宗教之轮并非按照一个"正确的方向"行进。抛开其他内容暂时不论,仅就"左——右"或者"东——西"这个方向来看,在布莱克的神话体系中有着具体的象征。首先,西方的主天神是大马斯②,他所扮演的角色就如同伊甸园中的守护天使(Covering Cherub),象征着堕落世界(Fallen World)的开始。因此,"从左到右,这个轮子建立起了一种对堕落世界的感知"③。其次,东方的主天神是路伐,"在他的'血袍'之中走来了耶稣,连带着给人们带来了

---

① Claudette Kemper, "The Interlinear Drawings in Blake's *Jerusalem*", *Bulletin of the New York Public Literary*, LXIV, 1960, p. 589.

② 这里所列举的天神方位,可具体参见张德明在译著《天堂与地狱的婚姻》的前言中所提供的表格。

③ Edward J. Rose, "Visionary Forms Dramatic: Grammatical and Iconographical Movement in Blake's Verse and Designs", *Criticism*, Vol. 8, No. 2, 1966, p. 113.

最终的气候和气象"①。而"路伐"在布莱克的整个神话体系中是主爱和情感的一位天神，从他那里走出了人子耶稣，带来了希望。

结合这两点来看，从左至右，或者说从西到东，这种运动轨迹、运动方向象征着从堕落走向希望，具有启示的意义。因此，布莱克在《所有宗教同出一源》卷首的那幅插画中，通过结合拉斐尔的两幅画作，布莱克不仅沿用了传统圣经故事中的先知原型，更为重要的是，布莱克通过改变手指的方向，将《施洗者约翰》和《先知以赛亚》这两幅画相结合起来，传递出原创性的神话意味。正因此，笔者认为，《所有宗教同出一源》不能仅按照文字文本的解读，将它当作布莱克哲学思想的演绎和阐释，而是结合了文字文本和图像文本的先知书。这部先知书既包含了先知的姿态，还包含了具体的启示内容。

那么，布莱克的先知（想象力）想要给予人们怎样的启示呢？在卷首这幅画之后，紧接着出现的是包含标题的画作（见图4-4）。

哈罗德·布鲁姆曾指出，布莱克的插图具有一种"灵视影片效应"（Visionary Cinema）。② 米切尔认为这个术语是"一种隐喻，它意味着单个的图案可看作是规模更大的一系列作品中的一个'框架'和某个瞬间来看待"③。也就是说，所谓的"灵视影片效应"是一种解读方式，它将布莱克同一部作品或者系列作品中的某个单独出现的图案，当作一组或多组系列图案中的一部分。这种阅读方式要求读者将所有的图案联系起来看，从而获得类似电影蒙太奇的效果。按照这一思路来看，读者可以将图4-3和图4-4结合起来看，获得意义上的联结。如果图4-1中向右指的手指，象征着某种带有希望性质的宗教启示录的来临，那么图4-4则是对这种启示录的揭示，也就是这部"先知书"的具体内容所在。

在这幅画作当中，有三个物体：天使、膝上放着打开之书的白胡子

---

① Edward J. Rose, "Visionary Forms Dramatic: Grammatical and Iconographical Movement in Blake's Verse and Designs", *Criticism*, Vol. 8, No. 2, 1966, p. 114.
② Harold Bloom, "The Visionary Cinema of Romantic Poetry", in *William Blake: Essays for S. Foster Damon*. Alvin H. Rosenfeld. Ed., Providence, RI: Brown UP, 1969, pp. 18-35.
③ W. J. T. Mitchell, *Blake's Composite Art*. Princeton: Princeton University Press, 1978, p. 53.

图 4-4　威廉·布莱克:《所有宗教同出一源》，1795 年，版本 A，雕版 2，加利福尼亚州：亨利·E. 亨廷顿图书馆和画廊

老人和石碑。仔细观察这三样物体，读者会发现这三者在线条上都有相似之处，无论是石碑的形状、白胡子老人的肩部线条，还是天使展开却又下挂的翅膀轮廓都呈现出一种倒"U"型的构图特征。

这种倒 U 型的构图并非布莱克的偶然之举。据米切尔考证，"圆或者倒 U 型状经常与收缩的形象、沉浸在自我情感维度的形象，以及恐惧、痛苦和孤立的困境相关"[1]。尽管如此，笔者依旧认为，米切尔在此为读者提供的与其说是对布莱克绘画技巧的总结，不如说是对图像的一种"局部表征"的说明。

按照图像学家潘诺夫斯基提供的读图方法来看，一幅画至少包含三个层次，分别为：阐述绘画本身要素（如线条、颜色、明暗等）的前图像志描述、超越绘画本身之外、约定俗成文化的图像志分析，以及抵

---

[1] W. J. T. Mitchell, *Blake's Composite Art*, Princeton University Press, 1978, p. 69.

达绘画寓意的图像学阐释。① 如此来看,米切尔对布莱克画作中有关线条构图的归纳只是一种前图像志的描述。就笔者目前所掌握的材料来看,米切尔的论述似乎不能满足后两种方式的解读。对于布莱克这样具备完整原创表达系统和神话体系的作家而言,他的画作本身就包含着某种特定的文化意义表达,因此也具备特定的绘画寓意。具体到图 4-4 来看,笔者认为除了借助米切尔对绘画本身元素的分析,从而发现的倒"U"型构图之外,还需进一步挖掘图像中具体人物所指代的某种约定俗成的元素。

约定俗成意味着某种已成体系的表达。在这幅画中就包含两个方面:其一是外在于布莱克创作就已经存在的既定符号,也就是天使这个形象;其二是独属于布莱克自身表达体系的固定符号,那就是画中的白胡子老人和碑石。

首先,天使是一个已有的表达符号,但这一符号在布莱克的画作中却有着不同的意义。天使象征宗教,代表某种善意的传递。但在布莱克的系统当中,宗教代表某种否定,它禁锢人的想象力,压抑人的感知力,最为关键的是它用一分为二的方式来区分世界的善恶,属于负面的一种意识形态。因此天使在此所指代的意义并非传统宗教中的形象,而是带有布莱克对宗教的批判印记。

除此之外,反观布莱克创作的一系列图案,碑石和蜷缩身体的白胡子老人经常同时出现,其中以《由理生之书》(见图 4-5)当中的图案为典型。

碑石以其坚硬的质地,在布莱克的象征体系中常常与摊开的书卷相对立,象征着某种死寂和封闭。而画中白胡子老人,多半都是指日后成为布莱克神话象征体系中的主要天神——由理生。由理生象征着理性,是进一步压制人类想象力的负面力量。如此一来,结合图 4-4 中的基

---

① 事实上,米切尔的图像学研究基石是布莱克的画作,但他主要参考的方法却还是潘诺夫斯基的传统图像学研究。指出这一点意在说明,笔者在此引述潘诺夫斯基的相关理论并非空穴来风,而是对米切尔分析布莱克画作所采用的方法的一次补充。有关米切尔和潘诺夫斯基的理论渊源,以及潘诺夫斯基的具体图像学分析方法,可参考林晓筱《从超图像到原图像——对米切尔图像学的一种解读尝试》,《浙江艺术职业学院学报》2013 年第 4 期。

图4-5 威廉·布莱克:《由理生之书》,1795年,版本B,雕版1,纽约:摩根图书馆和博物馆

本构图线条所包含的符号意义(蜷缩、沉浸在自我情感维度、恐惧、痛苦和孤立的困境)以及天使、石碑和白胡子老人的系统含义(死寂、封闭和压抑),读者就可以顺理成章地探究出这幅画的寓意所在:它象征着一幅禁锢的图景。如此一来,结合图4-1和图4-4所产生的"灵视影片效应",《所有宗教同出一源》中前两张图画所揭示的意义就比较明显了,前文所说的先知的姿态就在于,布莱克想要揭示出一个全新的世界,这个世界的展现具有启示录的意义,虽然启示录本身来自基督教的传统,但布莱克在此仅仅保留了先知所行使的"开启"职能,而先知所揭示的内容则与基督教的启示录不同,甚至完全相反,因为他在此所要揭示的是宗教和理性所共有的属性:压抑和封闭。因此,前两幅图画所承担的叙事功能就在于,它们为整部文本的叙述描绘出了背景,

为整个文字叙述奠定了基础。正是在这个压抑和封闭的世界中，诗歌天才才是真正的救赎所在。

至此，我们可以发现，布莱克通过将前人所创造的图像吸收进自己的图像文本之中，从而展现出"先知"的姿态，并且通过潜藏在文字中的具体方向性的描述，揭露出了"先知"姿态的启示意义，这两者构成了想象力的"显现"功能。继而，布莱克又通过图像内部的造型，隐喻地说明了想象力行使"显现"功能的具体内容。布莱克突出"先知"的姿态，意在强调想象力当中的视觉特性。我们可以发现，要想解读出这一姿态，需要我们从文字的描述、图像的构图，以及布莱克独创的图像和前人的图像这三个要素入手进行综合分析，在这个过程中，不仅包含了我们阅读文字、观看图像内容的读者视野，而且还需深入布莱克在创作过程中融入的互文视野，因此想象力借助先知的姿态突出的是两种视野的融合。这几个要素之间的关系，可参见下图。

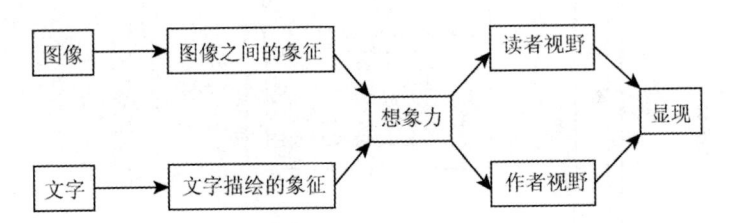

二 想象力的创造功能

仅仅揭示出想象力的显现功能还远远不够，在《所有宗教同出一源》中，除去规则七这个具有总结意味的段落之外，其他各个段落、各个规则中皆有"诗歌天才"二字出现，可见"诗歌天才"这个词是全文的主旨所在。

全文包含了一个争论、七条规则和一个结论。如果按照叙述对象来细分，规则一是总起段落，规则二至规则四围绕着"人"具体展开，规则五和规则六的叙述重点在"宗教"，规则七则是对前几个规则的总结。由此可见，整部作品所要叙述的主要有两个对象——人和宗教。

规则一是整部文字文本的基调。布莱克在此平行论述了诗歌天才作用于"人"和"宗教"的具体表现，着眼点是"外形"。人的躯体或外形来源于诗歌天才，万物的外形也来自诗歌天才，后者衍生出宗教。而在图像中，布莱克则描绘了一个张开双臂的白胡子老人的形象（见图4-6）。

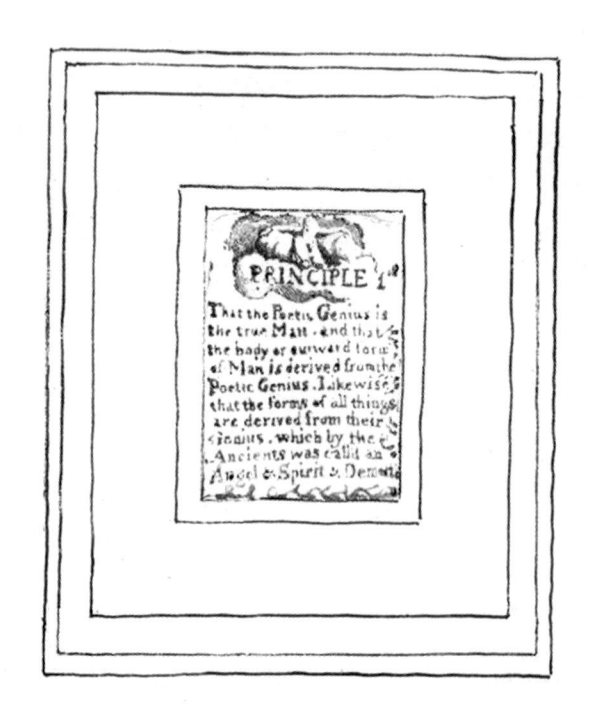

图4-6 威廉·布莱克：《所有宗教同出一源》，1795年，版本A，雕版3，加利福尼亚：亨利·E.亨廷顿图书馆和画廊

读者可以发现，先前在图4-4当中白胡子老人收起的双手在图4-6中已经张开了，那么这一点有何意义呢？学者瓦娜（Janet A. Warner）在专著《布莱克和艺术语言》（*Blake and the Language of Art*）的第二章里专门指出，在布莱克的画作中，人物展开手臂有着特殊的意义，"人物展开的手臂，意在表明'万能的创造力'和'压制的暴政'是同

等的"①。按照这一观点，再结合文字文本，读者可以发现，画作中万能的创造力显然指的就是人和宗教的源头"诗歌天才"，而压制的暴政显然指的就不再是诗歌天才了。因为就图像所显示的内容来看，白胡子老人这个形象由于代表着"由理生"，象征的是人类的理性，所以压制的暴政指的其实是人类理性带来的束缚力量。在此，结合文字文本和图像文本我们可以发现，布莱克在安排画作时有一个意义增值的过程。

首先，文字文本较为直白，阐述的就是诗歌天才万能的创造力，以及它为万物之本源的属性。其次，这一属性在画作中通过展开的手臂这一人物局部特征得到印证。最后，这种对应性的连接由于涉及白胡子老人这一具体的形象，从而延伸出理性的压抑这一层意思。正是这最后一层关系，使得规则一和规则六之间有了呼应。规则六上写道："犹太人和基督徒的圣经最早是从诗歌天才中生发出来的。这对于摆脱有限的肉体感官性是必要的。"由此可见，布莱克意在指明，理性压制的是人类的肉体的感官性，而宗教则具备某种"必要的"超越性。

在论述"宗教"的那部分里，布莱克开宗明义："所有民族的宗教都是从各个民族对待诗歌天才的不同接受中生发出来的……"结合这一点和先前提到过的规则六，人、宗教和诗歌天才的关系就可以用下图来表示。

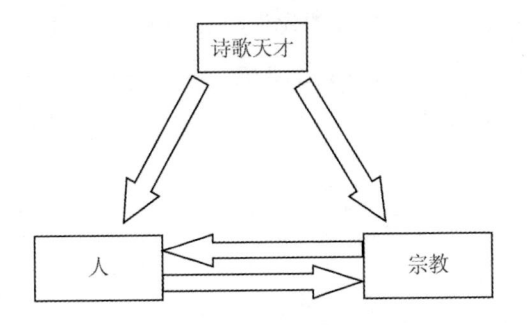

而诗歌天才（Poetic Genius）一词中的"Poetic"参照的是原初希腊语中的意思，意思是"创造"（making），而 Genius 这个词在拉丁语

---

① Bo Ossian Lindberg, "Blake and the Language of Art by Janet A. Warner, Review by: Bo Ossian Lindberg", *Studies in Romanticism*, Vol. 27, No. 1, 1988, p. 162.

中有"指引的精神"(guiding spirit)的意思。① 由此来看，笔者认为不妨把瓦娜观点中的两个方面和诗歌天才所包含的意义对照起来看，"万能的创造力"毫无疑问直接对应的是 poetic 这个词原本的意思——创造，而"压制的暴政"则可以和"指引的精神"相联系起来。

诗歌天才作用于人，激发出人精神上的创造力，使得人依照对待诗歌天才的不同方式创造出了宗教。由于人的肉体感官受到了限制，所以宗教又反作用于人，对人摆脱肉体感官起到了超越的作用。笔者认为，之所以人和宗教会产生这样的相互关系，其原因并非出于简单的作用和反作用的制约关系，起作用的恰恰是包含于两者内部的两对矛盾。

具体来说，按照宗教的区分，人具有肉体和精神之分，宗教在作用上有压抑和超越这两个方面。因此，当人的肉体感官和宗教的压抑相对应时，我们就可以看到图4-4当中，天使和白胡子老人并存在一幅图片中的场景，它的图像学意义就是压抑。而当人的肉体感官和宗教的超越性相对应时，诗歌天才所包含的"指引的精神"就被激发出来了。

至此，如若我们将诗歌天才所包含的"创造"和"指引"与张开双臂所包含的"创造"和"压制"联系起来就可以发现，布莱克在此揭示出的是诗歌天才这一概念更为细致的逻辑关系。诗歌天才给人带来的创造力，其内部包含着"压制和指引"的相互对立关系。这组对立关系在文字文本中未得到充分的说明，却在图像文本中得到充分体现，为了较为直观地来看，我们将上图中"人"和"宗教"的作用放大，则可以得到以下这幅图。

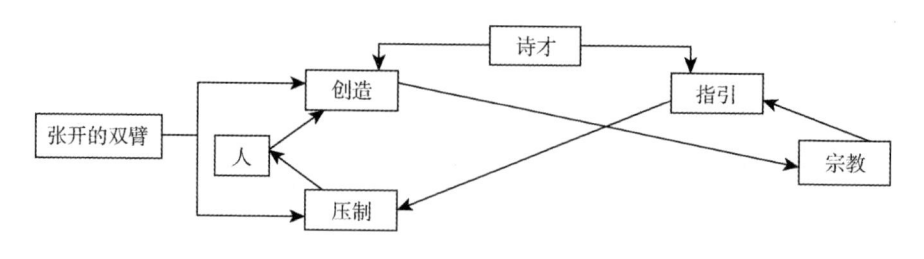

---

① Mary Lynn and John E. Grant, ed., *Blake's Poetry and Designs*, W. W. Norton & Company, Inc, 2008, p.3.

上图中，唯一交叉的部分揭示的是图4-4所包含的意义。布莱克在图4-4中让天使和白胡子老人共存于一个画面当中，包含着双重意义：其一，宗教（天使）通过指引，作用于人的肉体感官，使后者获得超越性；其二，人（白胡子老人）受到诗歌天才的感召，创造了宗教。从图4-4所获得的效果来看，图像文本是一个静态的展示，展示对象的意义需通过文字的具体演绎而获得动态的揭示。这样一种从静态到动态的意义阐释效果在图4-6中得到具体的展现，它使得白胡子老人本身所代表的理性压抑，以及张开的双臂这一局部细节所代表的压抑（张开双臂的其中一种象征意义）对等起来，同时面对这种压抑，创造力（张开双臂的另一层象征意义）又通过诗歌天才的作用，激发出了指引的意义。因此，如果说倒U型的构图代表着压抑，那么张开的双臂就是对这种压抑的打破，所以笔者认为瓦娜观察图像的方式仅仅着眼于静态效果，如果从"激发"这一层意义来看，展开的双臂还具有"指引"这一救赎的意义。因此布鲁姆所说的"灵视影片效应"不仅体现在画和画之间，还体现在文字和图像的对位展示过程中。

由此我们可以发现，布莱克所说的诗歌天才既然是万物的起源，那么它也势必是想象力的来源。在"压制和指引"的对立关系中，想象力呈现出除了显现功能之外的另一个重要功能：创造。这个功能的显现过程包含于图像和文字、图像和图像之间所共同创造的动态"灵视影片效应"之中，通过揭示人和宗教的相互关系，这一过程既包含了创造的动因，也揭示出创造被压抑的原因。因此我们也可以通过下图来揭示整个过程。

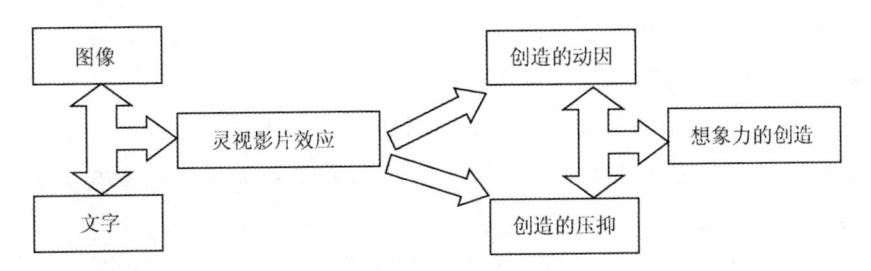

三 想象力的展现

在想象力的两大功能指引下,我们得以在《所有宗教同出一源》的最初部分看到诗歌天才的初步显现,随着文本的继续进行,布莱克具体又指明了诗歌天才之于想象力的两个作用方面,其中最为重要的是,布莱克继续通过诗画对立的方式,向我们揭示出了想象力的生成过程和作用的对象。

在《所有宗教同出一源》当中,紧接着规则一出现的是规则二和规则三的论述,我们通过直观的观察可以发现,用来呈现规则二和规则三的图像文本有着较为明显的区别。

图4-7中较为明显的部分展示的是两个赤身裸体,仰面朝天的人。厄德曼在评论这幅画时认为:"其中一个人物,也许是男性,赤裸着身体坐在地上。他用左臂支撑着身体,脸朝上。他的左腿向外伸出,他的右腿则盘在膝下。他边上紧挨着另一个人物,似乎也光着身子。他们紧挨的身体以及姿态让人联想起夏娃从亚当的身子一边出生(因此,边上的那个人也许是女性)。她也抬起头来,似乎望着天空,她的双手放在一起,似乎在祈祷。"① 按照这样的解读来看,布莱克将关注点对准了《圣经》当中人类的鼻祖。两人还未穿上衣服,显示的是一种天真的状态。结合文字文本来看,布莱克在此想要传递的是一种"诗歌天才"的天然状态,亦即"诗歌天才"来源于未堕落的世界。这也就是布鲁姆所说的,整篇文本的其中一个内容:"首篇论文将诗意的特征和'真正'的人相等同,而真正的人则是宗教的来源,而他的内在性,那最本真的部分,命名了灵魂。"②

相比之下,图4-8显现的则是刚好相反的状态。人物的位置不仅和图4-7所揭示出来的相反,而且角色本身也从赤裸的状态变成了穿

---

① David V. Erdman, ed., with Commentary by Harold Bloom. Rev. edn., *The Complete Poetry and Prose of William Blake*, University of California Press, 1988, p. 25.
② Ibid., p. 894.

图4-7 威廉·布莱克：《所有宗教同出一源》，1795年，版本A，雕版5，加利福尼亚：亨利·E.亨廷顿图书馆和画廊

衣服的形象。而作为这种状态的延伸，原先席地而坐仰望天空的人类鼻祖也成了坐在凳子上，眼睛向下盯着书的长胡子老者。结合文字文本来看，图4-7中主要论述的是一种"形态"，而到了图4-8中，则出现了"哲学"两个字，可以说是某种抽象的具象化表达。但是，值得注意的是，图4-7当中所包含的文字文本明确说明这种哲学"来自于适于每个个人软弱性的诗歌天才"。也就是说，诗歌天才只有对应于人的软弱性时，才会诞生出哲学。因此，这种从"形态"到"具体"的转变，并非诗歌天才对人的良性促成。继而再结合图像文本中白胡子老者这一形象来看，图4-8所传递的意义就可以分为两层：第一，它说明了诗歌天才的普遍存在，哪怕这种普遍存在有可能作用于人的软弱性；第二，人从某种抽象的天真形态到某种具象表达的转变，实则是一种软弱性的体现。那么，我们不禁要问，怎样的状态才是诗歌天才真正起作用的方式呢？再具体一点来看，诗歌天才作用于人的非软弱性部分，所起到的作用是怎样的呢？

图4-8 威廉·布莱克:《所有宗教同出一源》,1795年,版本A,雕版6,加利福尼亚:亨利·E.亨廷顿图书馆和画廊

笔者认为,按照"灵视的电影式效果"来看,答案就在下一幅图中。仅仅按照规则四的文字文本和图像文本的结合来看,人们似乎很容易得出这样一种结论:规则四的文字文本和图像文本是对应表达的典范。因为就文字文本的内容来看,规则四论述了"旅行"和"未知"之间的关系,继而将这种关系引申到"普遍知识"和"未知事物"当中。而与此相对的是,图像文本中画的是一个旅行者的形象(见图4-9)。

但笔者认为,这样的认识过于简单。参考我们先前所阐释的内容来看,画中这个人物的分析,需考虑到其本身的姿态和运动的方向。与先前卷首的那幅图一样,这个人的行动也是从左至右的。结合布莱克独特的诗学思想,我们不难发现,这个人物象征着从堕落走向希望(从大马士走向路伐)的场景。除此之外,与行动相对应的是人物的穿着。我们可以很明显地看到,画中的这个人物是穿着衣服的,象征着堕落之后的姿态,并且手中拿着拐杖。拐杖意味着人已在堕落的世界中,某种

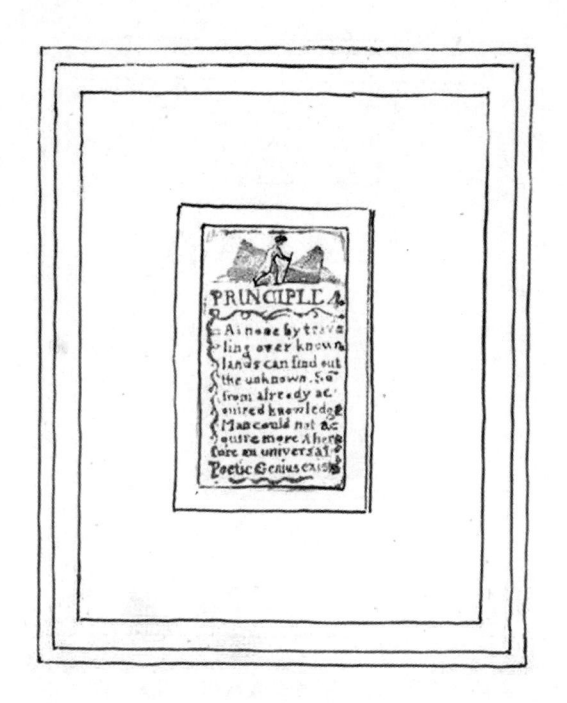

图 4-9 威廉·布莱克：《所有宗教同出一源》，1795 年，版本 A，
雕版 7，加利福尼亚：亨利·E. 亨廷顿图书馆和画廊

能力已经丧失，需要辅佐。可见，这个人物正在以堕落的姿态走向希望和救赎。无疑，这种救赎就是宗教本身。而行走的姿态也代表着某种行动力的具体表现。因此，图中的人物并不仅仅是对文中旅行的一个图像阐释，更多的是在结合"人"和"宗教"的意义阐释。

完成这一过渡之后，接下来的规则五和规则六就开始了有关宗教的阐释。仅从文字文本上来看，布莱克似乎并没有给出有关宗教的明确定义。反倒是从人和宗教的相互接受角度出发，间接点明了诗歌天才的作用。其实不然，如果参考规则五的图像，我们还是可以发现布莱克对宗教的定义的（见图 4-10）。

从图像上来看，整幅图以中间的文字文本为界，分为上下两个部分。文字上方的部分包含着一组对立的元素：一个白胡子老者和一群孩子。这组人物都穿着衣服。老者坐在椅子上，背后是一个打开的山洞，整个场景似乎是一个布道的场景。很显然，从这一部分来看，这是一场

图 4-10 威廉·布莱克：《所有宗教同出一源》，1795 年，版本 A，雕版 8，加利福尼亚：亨利·E. 亨廷顿图书馆和画廊

发生在已经堕落的人之间的活动。老者膝盖上放着书，面对孩子在讲解，其内容很有可能是具有教化作用的宗教教义。较为简单的理解是，老者代表着文字中所描述的"预言的精灵"，而孩子则象征着各个民族。笔者认为，如果离开图像的下半部分，这样的解释似乎是言之有理的。但我们发现，图 4-10 中真正对立的元素并不存在于孩子和老者之间，而在于上下两个图案当中。下半部的图案中出现了一个肌肉紧绷，显得孔武有力的赤裸男性，他从右往左"行动"，双手拿着一把竖琴，左手手指指向天空。显然，这里的方向和人物的姿态依旧需要我们注意。从右往左，意味着从希望之地飞向堕落的世界，但这并不意味着希望的落空，或者重归堕落世界，因为这个男性全身赤裸，是一种天真的状态。由此可见他飞向堕落世界时已经获得了救赎的状态。所以，确切地说，文字文本所说的"预言的精灵"不是图上半部分所画的老者，而是这位赤身裸体的男性。顺着这个逻辑，我们可以发现，布莱克通过

画作揭示出的其实是两种"宗教":一种是世俗的宗教,也就是图的上半部分所描绘的布道场景,它以穿衣的老者和穿衣的孩子为典型图像特征,代表着堕落的场景;另一种是真正的宗教,它以图的下半部所描绘的飞翔的赤裸男性为代表,象征着天真状态的救赎。

而在接下来出现的论述中,文字和图像所处的位置则完全显示出和图 4-10 相似的特征,图像被均分为上下两个部分,文字处于两者之间(见图 4-11 和图 4-12)。

图 4-11　威廉·布莱克:《所有宗教同出一源》,1795 年,版本 A,雕版 9,加利福尼亚:亨利·E. 亨廷顿图书馆和画廊

文字部分接下来出现的是规则六和规则七。规则六前文说了,是"人"和"宗教"这两部分的直接呼应,表明宗教对人肉体感官受束缚的超越。相应的,图 4-11 也呈现出如下内容:上半部分显示的是一块石碑,而图像的下半部分则是一个穿着衣服,性别不明的人,从左至右移动,背景较为幽暗。从文字和图像对应的角度来看,石碑对应的是"犹太人和基督徒最初的经文",而图像下半部分的人,由于穿着衣服,

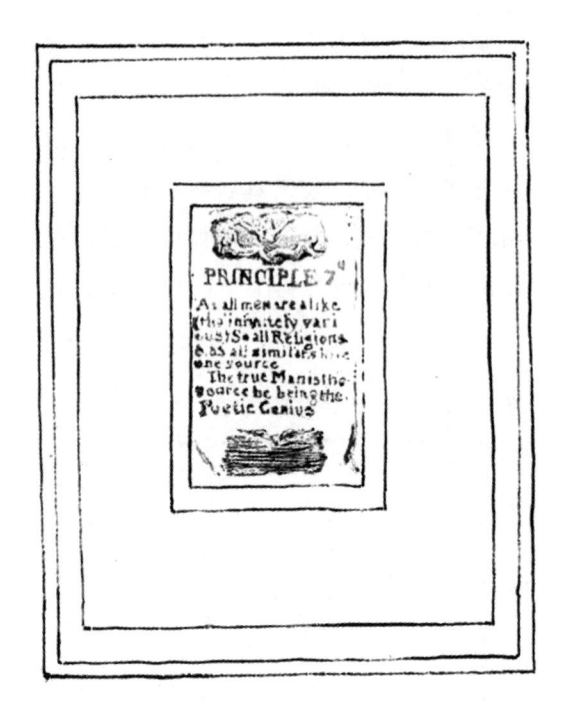

图4-12　威廉·布莱克：《所有宗教同出一源》，1795年，版本A，雕版10，加利福尼亚：亨利·E. 亨廷顿图书馆和画廊

故除了代表堕落之外，还和文字文本中"有限的肉体感官"相关。结合先前的分析来看，布莱克画中穿衣服的人和裸体的人之间的对立，除了揭示堕落和未堕落之别以外，未堕落的状态还和赤裸的躯体相联系，揭示出感官未被束缚的特征，相应的，穿着衣服的人则以衣服为隐喻，揭示出堕落的状态，因为其感官已被束缚。因此，笔者认为，图4-10中布莱克为我们展示了两个宗教场景，一个是堕落之后，人们世俗地对待宗教的场景，它以布道为主要特征，另一个则是真正的宗教，以"预言的精灵"为特征，象征着天真状态的救赎，而图4-11则是对图4-10揭示效果的具体延续，确切地说是对图4-10上半部分内容的展开。

如此来看，图4-12是对图4-10下半部分的具体展开。图4-12也分为上下两个部分，上半部分揭示的是一个和图4-10局部相对立的

第四章 文字、图像与想象力

场景，图4-10里的中心人物是穿衣服的白胡子老人，周围则围着一群接受布道的孩子，而图4-12中的中心人物则是一位赤裸的人，周围横躺着两位赤裸的人。根据厄德曼的考察，这一场景和《新约》中的《马太福音》第28章的内容相关。《马太福音》第28章主要叙述的是耶稣复活的场景：耶稣从坟墓中坐了起来，身边两位看守的人吓得浑身乱颤。[①] 按照这一解释来看，布莱克此图中的赤裸男性显然就是耶稣，两位沿着不同方向倒下的人物则是看守者。除此之外，厄德曼还指出，图4-12中下半部分中出现的那只鸟是鸽子，代表着圣灵，而图中较为阴暗的线条则是水的表征，两者加在一起，代表着《创世纪》当中"神的灵运行在水上"。当然，除此之外，鸽子也象征着希望，它是诺亚在洪水退去后，传递和解和希望的吉祥物。如果我们将上下两个场景中所包含的圣经代码意义结合在一起，将会得到这样一层意义，亦即，在布莱克看来，真正的宗教不是一种世俗的布道形式，而是某种救赎的启示仪式，这种仪式直接体现在画中展开双臂的耶稣的姿态上。前文已经指出，张开的双臂有着"万能的创造力"和"压制的暴政"的双重含义。在论述"人"的这一部分里，这种姿态出现在白胡子老者身上，显示出人自身内部所包含的对立关系，而当中这种姿态再度出现在耶稣身上时，布莱克所要揭示的是宗教的两个对立面：耶稣作为既定的宗教符号，当他与既定宗教相联系时，展现出来的是宗教世俗的一面，亦即"压制的暴政"，而当作为布莱克自己象征体系中的人物时，他又具有"万能的创造力"的一面，而之所以有此类对立面的展现，其本身也是诗歌天才的作用。据此，我们就可以补全先前的图示，得到下图。

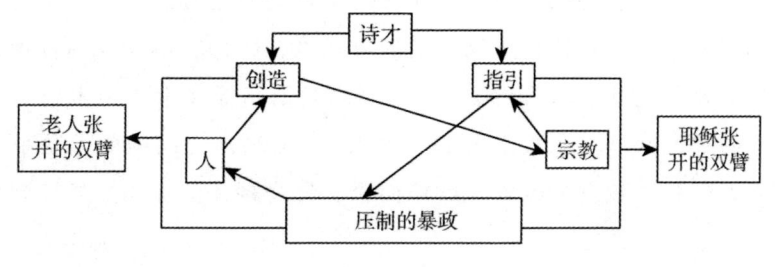

---

① 具体可参见《圣经·新约》中《马太福音》第28章。

但是除去这些，我们不禁要问：到底凭借什么样的力量，人和宗教能够摆脱自身"压制"的一面，从而对对方产生救赎作用呢？要回答这一问题，还需回到《所有宗教同出一源》的开头部分。在"争论"中，布莱克说："既然获取知识的真正途径是实验，那么真正的致知才能必须是经验的才能。"很显然，这里的关键词就是"实验"和"致知"。这两个词语本身包含着一股"力"，正是凭借着这股"力"，宗教才会有"指引"的一面，人才有"创造"的一面。而"指引"和"创造"本身又是诗歌天才的两个组成部分，所以，诗歌天才归根结底就是一股"力"，而这种力如果既包含创造的能量，又带有指引的方向，那么它就是一股矢量，这种力量就是"想象力"。也正是在这个意义上，弗莱在解释《所有宗教同出一源》的标题的意义时指出："物质世界提供了普遍的意象语言，而每个人的想象力则是用各自的语调对这种语言的诉说。宗教则是这种语言的语法。"[1] 由此可见，诗歌天才的两个方面代表着想象力作用于人和宗教的不同表现，对于人而言，想象力以言说方式为隐喻，能够使人打破自身的封闭和僵死的感官局限，象征着白胡子老人的反面，是一种活力，而这种活力本身如果不加限制，它反过来会变成某种既定的固定力量，从而在帮助人们摆脱肉体的局限之后，退居精神的束缚当中。因此，宗教本身在诗歌天才的作用下，能够发挥其"指引"的一面，将人的想象力往超越方面指引。

除此之外，我们发现布莱克在揭示这一层层关系时，并没有完全将图像文本和文字文本进行简单处理，或者说仅仅将两者作为对方的补充，而是通过"灵视的电影效应"，综合调动了图像文本和文字文本的作用。在论述人的层面，布莱克在文字文本的叙述方法上虽然用的是正反论说的方式，并且这种正反论说的方式也在图像文本展现为各种元素的对立（裸体、年轻人和穿衣、老者），但是图像文本当中也包含了通过画面内部的并置（天使、石碑、老人）、画和画之间的前后联系（蜷缩的老人到张开双臂的老人、席地而坐，赤身裸体的亚当、夏娃到坐在

---

[1] Northrop Frye, *Fearful Symmetry: A Study of William Blake*, Princeton University Press, 1947, p. 28.

凳子上穿衣的老者），从而获得了某种"动态"的效果展示。如果我们将这种图像文本和文字文本的结合方式和布莱克的诗学主张联系起来就会发现，这种综合"阅读"两种文本的方式本身就是想象力的生成与激发，而这种不仅向读者展示内容，更让读者在阅读过程中切身体会到内容本身的艺术创作方式，正是布莱克诗画艺术结合的基础。

在《所有宗教同出一源》中，布莱克指出了人和宗教、人自身，以及宗教内部的两种对立状态。而在这一系列的对立状态中，布莱克并未明确指出，什么样的状态才能促使人运用想象力获得救赎的力量，并且也没有解释为何人就会有这样的对立面存在。除此之外，最为关键的是，如果所有宗教同出一源，那么对人产生压制作用的宗教又是什么？布莱克理想当中的宗教又是什么？这一系列的问题关系到布莱克整个的创作，而《没有一种自然宗教》则是对这一系列问题的解答。可以说如果布莱克在《所有宗教同出一源》中，以诗歌天才、人和宗教的三者关系为主要切入点，分析了三者之于想象力生成的关系，那么《没有一种自然宗教》则是围绕着人和宗教这两个方面展开了有关想象力作用的论证。

整部作品在展开论述之前，读者首先看到的是一幅图（见图4-13），图中出现了两对人物，一对相对年轻的人赤裸着身体站立着，另一对年老的人则穿着衣服坐着。我们可以发现，这一组对立的人物所包含的要素基本沿袭了《所有宗教同出一源》中的图像特征，其中年轻的人赤裸着身体象征着天真的状态，其站立的姿态则蕴含着某种"力"，而与此相反的是，这对年老的人穿着衣服，象征着经验的状态，坐着的姿态则有一种封闭和受压制的寓意包含其中。

这幅图并没有配上文字，但和《所有宗教同出一源》一样，这幅图也为整部作品奠定了基调。首先，这幅图中的对立元素表明，整部《没有一种自然宗教》所要关注的主体是人，或者说是人的两种状态。但在此，这两种对立状态的展示还未像《天真与经验之歌》当中那样具体，布莱克在此揭示的是一种普遍而抽象的人的状态。其次，我们可以看到，图中左边这个年轻人手中拿着一根木棍。这根木棍的存在打破

图4-13　威廉·布莱克:《没有一种自然宗教》,1794年,
版本G,雕版1,纽约:摩根图书馆和博物馆

了原本对立的元素（穿衣与赤裸、站立与端坐）。一般认为，这根木棍就是牧羊人的手杖。如此一来，这根手杖在图中就有了指引的意味。但是问题在于，布莱克在此要指引读者到哪里去？这就牵涉布莱克自身创作的独特世界观了。

　　布莱克的整个神话系统的基石，或者说他对整个世界的构造，[①] 用浪漫主义研究专家盖尔克纳（Robert F. Gleckner）的话来说是"古老"而"基本"的[②]，尽管有多数研究者认为，布莱克的整个神话体系受到斯威登堡、雅各布·波墨（Jakob Boehme）等人的影响，并带有诺斯替教和卡巴拉神秘主义的色彩，但笔者倾向于马克·舒尔（Mark Schorer）

[①] 需要指出的是，布莱克的整个神话系统是逐步发展起来的，笔者在此只是粗粗地勾勒出布莱克整个神话系统的框架。事实上，布莱克的整个神话系统并非如此简单，而这一切的开端则奠基于《没有一种自然宗教》。

[②] Robert F. Gleckner, "Blake's Religion of Imagination", *The Journal of Aesthetics and Art Criticism*, Vol. 14, No. 3, 1956, p. 359.

的观点，他认为这些影响是不可忽视的，但在分析和接受上，无论是较为明显的斯威登堡式的异教思想，还是卡巴拉式的神秘色彩，对于布莱克而言"从来不是概念，而仅仅是一种隐喻"①。斯威登堡给予布莱克的影响在于一种全新的宗教认识，而所谓诺斯替式的影响，对于布莱克而言也只存在于他对整个世界的构想当中。在布莱克的神话系统中，世界包含两个部分，或者说有两个世界：一个世界，也就是我们所存在的这个世界，是一个极其平庸的维度，它是堕落的直接结果；另一个世界则是永恒的世界。而在这两者之间，人和万物所经历的就是一个从堕落到回归的过程。而耶稣这个形象则是整个过程中的关键，因为他身上有着所有"永恒之物"，并且"他也以完美的和谐状态，存在于所有永恒之物，以及伊甸园这片生之地当中"②。而在所有"永恒之物"当中，阿尔比恩（Albion）则是其中重要的组成，他不仅是全人类的象征，而且是全宇宙的集合，在他身上积聚着人类所有感知。而在整个堕落的过程中，阿尔比恩的整体性受到破坏，随即堕落，并变成了这个世界的物质形态。除此之外，阿尔比恩这个形象也和人类相关，它代表着"人形的神圣"（human form divine），而普通的人则就是一个带性别特征的"人形的人"（human form human）。人形的神圣带有人身上的全部特征，而神圣的因素之所以会丧失，在布莱克看来就是其中一种元素僭越了其他元素的均衡关系，成了主导永恒的主要元素。这个僭越的元素就是理性，也就是由理生。

回到图4-13来看，图中穿衣的一对人显然就是移用了圣经伊甸园典故之后，知道性别之分之后堕落的人，他们就是人形的人。而那一对赤裸身体的人不能简单地就理解为仍旧带有神圣特征的"人形的神圣"。他们手中的手杖是理解的关键，也就是说他们虽然还不是具备完全的神圣状态，却具备指引和救赎的可能。虽然布莱克在此图底下没有添加任何说明性的文字，但我们可以以此判断他的倾向明显在于图中赤

---

① Mark Schorer, *William Blake: The Politics of Vision*, H. Holt and Company 1946, p.51.
② David V. Erdman, ed., with Commentary by Harold Bloom. Rev. edn., *The Complete Poetry and Prose of William Blake*, University of California Press, 1988, p.71.

裸的两个人身上。笔者认为，牧羊人的手杖除了一般意义上象征着指引和天真状态之外，还具备一种"势能"，它象征着布莱克本人的倾向和判断，除了要带领堕落的人重归未堕落的状态之外，还带有一种批判性。整个图像的寓意除了揭示"人形的神圣"和"人形的人"之间的对立之外，还指明了整部《没有一种自然宗教》的批判特征，它所要批判的对象就是堕落之后的人，所要揭示的就是人之所以堕落的原因所在。由此可见，整部《没有一种自然宗教》就包含了两个主要的特征：揭示和批判。

在《没有一种自然宗教》的开篇争论部分，布莱克写道："人不能仅仅通过教育来获得道德观念。从本性上说他仅仅是一个从属于感觉的自然器官。"这段话中的关键词显然就是"教育"、"感觉"和"自然"。而当读者在相应的图像文本中找寻这些关键词时就会发现，图像（见图4-14）中除了"教育"场景的描绘、作为背景的自然场景展现之外，并不见有关"感觉"的内容存在。

图4-14 威廉·布莱克：《没有一种自然宗教》，1795年，版本G，雕版3，纽约：摩根图书馆和博物馆

可见，对整个文本不能按照诗画一一对应的方式去解读，"教育"、"感觉"和"自然"显然有其更为深层次的意义包含在图像文本之中。首先，较为直观地来看此图，我们可以发现，相较《所有宗教同出一源》中的系列插图，《没有一种自然宗教》当中的插图其背景较为开阔，图 4-13 和图 4-14 皆以自然场景为整幅图的背景。但是，这里的自然，同样也是题目中的关键词，却远非仅仅一个背景那么简单。作为堕落世界的一个重要组成部分，自然在布莱克的整个诗学思想中扮演着重要的作用。

有关布莱克自然与人的主题，有学者认为："事实上，人们在概括布莱克面对自然的整体态度时，所能得出的唯一有用的结论就是，他在处理自然主题时从未脱离过人这个语境。"① 除去这一显见的态度之外，如果我们进一步挖掘这一层关系时，就会发现上述这段话并非如它表面所揭示的那样，体现出布莱克心目中人和自然的和谐状态。在一个堕落的世界里，布莱克在对待人和自然的关系上，倾向性在于自然方面，"马要比人更有价值。老虎对着人的形状放声大笑。狮子讥讽并对血液饥渴"②。老虎对人的形状发笑，显然是因为人因为堕落失去了身上的神圣，狮子讽刺和对血液的渴念显然就是一种"力"的展示，而这种"力"就是马要比人更有价值的凭证。在自然界的动物身上，布莱克看到的是一种原始而天真的生存状态，代表着未堕落，更为关键的是一种未被理性所沾染的天然感知，这种感知与"力"相连。回到上面这幅画当中，我们可以发现，除去画面主体部位当中的人之外，还有一些人，他们飞翔在字体上面，或者本身也是字体的主要组成部分，比如在"The Argument"这两个单词中，T 这个字母就是由一个人形的图案组成的，而在字母 A 和 r 之间就飞翔着两个带翅膀的人物。这一些飞翔的人物显然与图像主题部分的几个人物形成了鲜明的对比。图像中的人物或坐，或卧，或站，不管以何种姿态示人，他们手中都拿着书本，呈现

---

① Barbara F., Lefcowitz, "Blake and Natural World", *PMLA*, Vol. 89, No. 1, 1974, p. 121.
② David V. Erdman, ed., with Commentary by Harold Bloom. Rev. edn., *The Complete Poetry and Prose of William Blake*, University of California Press, 1988, p. 304.

出一个停顿的瞬间，是一种静止的状态。手上的书本则是文字文本中"教育"的直接反映。我们从文字文本当中可以得知，布莱克在整个争论当中所用的都是一种否定的语气，而对这种否定状态的反驳就体现在这些飞翔的人物当中。

笔者认为，这些长翅膀飞翔的人，尽管出现在文字上方，并且出现在整个场景的天空当中，却不能理解为天使。他们是一种人的变形，或者说是人从堕落世界的一种提升。这种提升或者变形，来源于人和自然的认同。因为在布莱克看来，理想中的人和自然的关系在于"陆地上的每一粒沙子，每一块石头，每一块岩石和山丘，每一束香草，每一棵树木，山岭，山丘和土地，云朵，流星和星辰，从远处看都和人一样"[1]。

从人向自然界生物的变形，可以看出是人之主体性的丧失，具体来说就是人身上去除理性后，回归自然感觉的超脱。所以，从"争论"部分的文字文本和图像文本的综合解读来看，图像文本当中静止的、穿衣的人物和飞翔的、赤裸的人物之间形成的对比，较为补充性地超越了文字文本所描述的具体内容。借助这一类自然生物和人形的对比，"自然生物图案就和精神和灵魂生活，以及他的诗歌理论相联系，这样一来他就想借助此告诉他的读者，如果自然界生物的形状可以发生转变，那么这种转变在想象或者艺术的世界中也可以发生"[2]。

---

[1] David V. Erdman, ed., with Commentary by Harold Bloom. Rev. edn., *The Complete Poetry and Prose of William Blake*, University of California Press, 1988, p. 683.

[2] Barbara F. Lefcowitz, "Blake and Natural World", *PMLA*, Vol. 89, No. 1, 1974, p. 130.

第五章 文字、图像与"灵视"显现

《天真与经验之歌》无疑是布莱克兰贝斯时期的重要诗集，它是布莱克构建整个象征体系的重要基石。比起之前的几部作品，诗歌当中的文字文本和插图中的图像文本呈现出较为成熟的水平。通过探究这部作品中的文字和诗歌的具体构成，我们可以较好地理解布莱克的核心诗学观念——灵视。

按照布莱克自己的意图，《天真与经验之歌》展现的是"人类灵魂中两个对立的状态"，因此围绕着天真与经验状态中的"对立状态"，学界已做出了一系列充分的阐释。但仅从文字文本出发，虽然可以在《天真之歌》和《经验之歌》中分别找到对应的成分，但是无法解释有些插图书中图像和文本之间不对应的状况。因此，如若《天真与经验之歌》展示的是"对立的状态"，那么这种状态也包含文字文本和图像文本之间的对立。天真与经验的对立，通常被学者们解读为"羔羊"和"老虎"之间的对立，在布莱克的世界当中，羔羊常被用来象征天真的境地，同样，羔羊也是布莱克系统中"布勒之地"的主要象征。布勒之地是一个仅次于永恒之境的次等场所（下文还会具体展开），一切存在这里的生物体现出宁静、和谐的生存状态，达蒙认为这里是布莱克安放潜意识的地方，存在于此的生物呈现出睡梦的姿态。[1] 在这个以羔羊为主要象征的梦境世界当中，人类的天真状态得以展现。而从文字文本和

---

[1] S. Foster Damon, *A Blake Dictionary: The Ideas and Symbols of William Blake*, E. P. Dutton & Co., INC, p.43.

图像文本的表现来看，布莱克有意地展现出了这种类似梦境的特征。

一 "天真"与"梦境"：图像中的图像

很显然，相比《经验之歌》，《天真之歌》中的天真和谐的儿童是布莱克重点描绘的对象，《小黑孩》就是其中的一首。在这首诗歌当中，这个"小黑孩"首先直言自己与白人小孩的差别所在，语调欢快，继而母亲的一番话使得他认识到：

> 当我挣脱黑云，他自白云脱离
> 我俩高兴如羔羊，围在上帝帐篷旁：
> 我为他遮光，直到他受启发，
> 倚靠天父膝上享快活。
> 而我站立抚摸他的银发，
> 我将像他，他则会爱我。①

而对应整幅场景的图像则如下：

通过对比图像和文字，我们可以发现，图像中的确出现了小黑孩"抚摸"白人小孩的场景。但图像中又出现了一棵杨柳树，而在小黑孩身后还有一群正在吃草的羔羊。显然，这些在画面中额外出现的元素在文字文本中并未涉及，它们一起构成了某种天堂的象征，从而使得整幅画超越了文字的表现范围，获取了独属于画面自身的象征意义。

米切尔在关注到这幅画时，认为："布莱克在此似乎在制造一种图像的寓比，用来指涉守护天使将人类的灵魂呈现给上帝的主题。"② 并且他认为这幅画显然与17世纪的插图书《爱与神圣》中的一幅图有关：

---

① William Blake, *The Complete Poetry and Prose of William Blake*. Erdman, David V., ed., with commentary by Harold Bloom. Rev. edn. Berkeley and Los Angeles: University of California Press, 1988, p. 9.

② W. J. T. Mitchell, *Blake's Composite Art*, Princeton: Princeton University Press, 1978, p. 12.

第五章 文字、图像与"灵视"显现

图 5-1 威廉·布莱克：《天真与经验之歌》，1821 年，
版本 V，雕版 10，纽约：摩根图书馆和博物馆

从图 5-2 中我们可以发现，最左边的那位是"守护天使"，跪在上帝面前的是普通的"人"，如若按照米切尔的索引，那么图 5-1 中小黑孩和英国白人小孩的位置与图 5-2 所揭示出来的位置刚好相反，也就是说，按照布莱克的修改，小黑孩处在守护天使的位置，而英国白人小孩则成了被引荐到上帝面前的普通人，如此一来，通过画面之间的寓比，整幅图呈现出了一个意义上的反转象征：小黑孩拯救了白人小孩。这一层意义是文字文本中所不曾包含的。为何会如此呢？

同样，图 5-1 中的杨柳和羔羊的图形也未曾出现在文字文本当中，这个因素如若联系图像寓意反转的特征，我们似乎可以得出一个合理的解释。也就是说，这幅图并非文字文本的延伸，而是一个"画中画"，整幅图像所展现出来的是小黑孩的天真的梦境，他所希望看到的场景，不仅仅是他能和英国小孩一样同样处在上帝的荣光之下，而且能够通过拯

图 5-2 奥托·范·维恩：《神圣之爱插图》，1660 年，纽约：纽约公共图书馆

救他，从而体现出上帝的荣光。如此一来，文字文本所提供的只是画面中小黑孩的内心独白，而画面中所呈现出的则是小黑孩在表达内心独白时的具体幻想，两者结合在一起，动态地展现出了小黑孩的天真灵视。《天真之歌》当中表现出的类似展现方式，并非唯一的解读策略，我们需要关注的是，布莱克所建立的图像不仅和文字有关，更关乎之前图像之间的寓比，这种方式是他建构自己灵视世界的重要方式，只不过在《天真之歌》这一切近梦境的主题当中表现得尤为明显，布莱克想要通过这一系列的象征手法（图像和文字，图像和图像之间）让读者能够尽可能地感受到出于天真境地之中的人物身上的天真状态。

如若说在《天真之歌》当中，文字和图像之间还有较为明显的联系，那么在《经验之歌》当中，布莱克则刻意制造了图像和文字之间的差别，并且在自己的图像和原有的图像之间建立了更为复杂的联系，从而揭示出处于经验之地当中人们的境遇。

二 "经验"与"负担"：图像与图像之间的互文关系

《天真之歌》和《经验之歌》之间的对比不仅存在于意象之间（比如羔羊与老虎，花与病玫瑰等），从插图上来看，它们的区别也是明显的。《天真之歌》的卷首诗歌为人们呈现出了一幅欢乐的景象，其中主要的声音来自"吹笛者"（piper），在图像中，这位吹笛者上方出现了不带翅膀飞翔的孩童，画面的配色明亮，画中的两个角色相互观望，呈现出和谐的场景（见图 5-3）。而在《经验之歌》的卷首诗歌当中，我们如若联系《天真之歌》就会发现，这里的画面颜色变得浓重起来，而吹笛者变成了一位吟游诗人（Bard），那位先前飞翔的孩童长出了翅膀，显现出天使的模样，它却不再以飞翔的姿态出现，反而坐在了诗人的脖子上（见图 5-4）。

这样的对比所显现出来的意义，在米切尔看来是比较明显的，他认为关键在于我们要发掘背后意义生成的过程。为此，他指出吟游诗人携带儿童的图像在英国非常常见，他们象征着圣·克里斯多夫携带幼年耶稣过河的场景，这样的场景可以在丢勒的作品中看到（见图 5-5）。[1]

根据传统的解释，米切尔认为圣·克里斯多夫携带幼年耶稣的这一场景象征着这位圣徒不仅是幼年耶稣的携带者，更将全世界扛在肩上。但是我们可以发现，图 5-4 中，布莱克并未采取传统的表现方式，将小天使的位置从肩膀移到了头上。如此一来，布莱克通过转变固有画作中的意义，建立起了自己的象征表达，也就是说，他在此想要强调的是，相对传统画作中以物质世界为象征的耶稣的体重，他要在《经验之歌》当中显现的是人类头脑当中的重负。相比之下，圣·克里斯多夫不再是一个引渡年幼的耶稣，从而给世界带来福音的启迪者，相反，他转身一变，成了布莱克体系中的一个吟游诗人，他想要通过自己的诗歌，向世人传递因为头脑中的理性重负所给人们带来的

---

[1] W. J. T. Mitchell, *Blake's Composite Art*, Princeton: Princeton University Press, 1978, p. 6.

图 5-3 威廉·布莱克:《天真与经验之歌》,1821 年,
版本 V,雕版:2,纽约:摩根图书馆和博物馆

经验状态。

  除此之外,在图 5-4 中,我们也可以发现,相比丢勒的传统宗教插图,布莱克也将年幼的耶稣形象作了相应的调整。表面上来看,从年幼的耶稣形象变成带翅膀的天使,这是相同意义之间的一次转换。其实不然,根据布莱克传记研究者杰弗里·凯伊斯(Geoffrey Keynes)观察,这个带翅膀的天使象征着伊甸园中的守护天使,他在《经验之歌》中代表布莱克所谓的自私状态,它代表着某种意识的负担。由此可见,布莱克实际上在这幅图中用"头脑意识中的负担"这一核心要素统一起了整个画面的象征意义。

  因此,相比《天真之歌》当中的梦境所传递出的文字文本和文字文本之间的联系,《经验之歌》因为有了"头脑中的负担"这一内涵,

图 5-4　威廉·布莱克：《天真与经验之歌》，1821 年，
版本 V，雕版：28，纽约：摩根图书馆和博物馆

从而使得文字文本和文字文本呈现出了较为复杂的关系。两种方式对于读者而言，恰恰也是想象力所要经由"天真"与"经验"的状态。作为天真的读者，我们只需在文本和图像之中，像聆听吹笛者一样，发掘某种和谐而自然的联系，而作为一个正在经历经验世界的读者来说，我们就如同这位吟游诗人一样，需要背负某种理性的负担，通过发现图像和图像之间、文字和图像之间，甚至是布莱克自身的体系中的象征意义，才能看出布莱克自身的意图。这种方式在《经验之歌》当中的著名诗作《老虎》中体现得尤为明显。

《经验之歌》中最著名的诗作当属《老虎》。这首诗恐怕是布莱克流传最广的一首诗，在整部《天真与经验之歌》中的地位是不言而喻的，甚至我们可以通过这首诗歌来管窥布莱克的整体诗学构造。西方有学者将这首诗歌比喻成一块海绵，尽管受到了各个时代批评家的评论，

· 109 ·

图 5-5　丢勒：《转过头去的圣克里斯多夫》，
1539 年，纽约：布鲁克林博物馆

吸入了大量批评的养分，但它从未因为过多的阐释，盖棺定论，从而沉入批评的海洋。

有关《老虎》的评论可谓汗牛充栋。哈扎德·亚当斯（Hazard Adams）在《威廉·布莱克：短诗解读》（*William Blake, A Reading of the Shorter Poem*）一书中以简短的篇幅对各路批评做出了总结。[①] 从他的总结来看，在亚当斯之前，有学者对这首诗歌的评述侧重诗歌的文本分

---

① Hazard Adams, *William Blake, A Reading of the Shorter Poems*, University of Washington Press, 1963, pp. 329 - 333.

第五章 文字、图像与"灵视"显现

析，指出了诗歌中的布莱克所用的反讽和戏剧化特征，另一些学者则通过考察《老虎》一诗在笔记本中的修改过程，指出了布莱克在创作此诗时的心路历程，为整首诗的艺术特征批评奠定了基础。当然，考虑到这首诗歌中独特的动物意象，一大批批评者围绕着老虎这个形象进行了象征意义的阐发，指出了其历史性的意义，并且将老虎这个形象嵌入整个布莱克的象征系统中比较，继而将此诗的艺术批评引到了具体社会批评语境当中。

在这些批评当中，批评者无一例外将关注点放在了诗歌本身（文字文本），而将此诗的配图当成配诗的参考图像，甚至有学者认为，布莱克为此诗配的图是艺术创作中的失败。① 理由在于，这类学者认为布莱克所画的老虎和诗歌中呈现出的老虎具有较明显的出入，诗歌中的老虎光影卓卓，充满力量，而绘画中的老虎体形单薄，五官呆板，并且整只老虎被放在一个充满死寂气息的背景当中，整幅图像显现出和诗歌文本极不相称的景象。

认定这幅图是布莱克创作中的败笔，这样的言论是有欠考虑的。笔者认为之所以会有这样的评论产生，原因有两点：首先，这一类学者忽视了布莱克创作中，图像文本的独特地位；其次，由于忽略了图像，所以缺少了进一步比较文字文本和图像文本的基础。当然，比较图像和文字，并非要通过技术性的分析，指出差异所在，而是要进一步发现存在此类差异的原因。因此，笔者在此首先认为，《老虎》这首诗歌中的图像，如若真是一个艺术创作的败笔，那么这种败笔也是布莱克有意为之的。

如此一来，本章这部分的内容打算首先吸收传统文字文本中的成果，试图围绕着老虎这个形象，分析出布莱克诗歌文本中一系列的文本创作特征，其次考察文字文本和图像文本的差异，分析出布莱克有意创作诗画差别的原因，最后将这种差异带入布莱克自己的"灵视诗学"中，考察由此产生的独特效果。其中笔者认为分析《老虎》的诗画构

---

① Coleman O. Parsons, "Blake's 'Tyger' and Eighteenth-Century Animal Pictures", *The Art Quarterly*, 31, 1968, p.310.

成，在已有的研究成果中需保留三个方面的成果：第一，为分析老虎这一形象的特殊性，可稍许借鉴这一形象在文学传统中的表现和发展，但最终旨归还是布莱克自己的象征体系。第二，《老虎》一诗中的文字文本分析，尽管有了较为系统的象征意义剖析，但由于我们这里要涉及的是诗画结合的解读策略，因此，对文字中的任何一个细节都不能放过，甚至还需参考布莱克创作草稿中的细微变化。第三，虽然已有一些文本分析牵涉了《老虎》中的插图，但这些分析未能进入布莱克自身的诗学分析，故我们在此分析布莱克的图像文本时，也需要参考他自身的图像诗学。

三 布莱克象征体系中的老虎

从一开始的《诗歌素描》，直到后期创作的《耶路撒冷》的最后一页，老虎这个形象一直贯穿布莱克的整体创作。据学者统计，布莱克的诗歌创作中总共有37页出现过老虎这个意象，如果算上在画作中出现的频率，总共达47次之多，而在创作《天真与经验之歌》之前，布莱克总共有12次提及过它。[①]

笔者在此无意再重复或者展示老虎形象出现的具体情况，而是想要说明，毫无疑问，首先布莱克对老虎这一形象有着较为浓厚的兴趣，一直在诗歌和绘画中不断表现，但是参考先前的论述我们可以发现，这个动物意象并不指涉自身，而是和堕落世界中的"人"有关，因为"布莱克早在1807年之前就拓展了自己的神话，其中堕落或者凶残的动物首先象征的是堕落状态中的人本身"[②]。将野兽的凶残和堕落的人相联

---

① 有关老虎形象的统计，可见 Paul Miner, "'The Tyger': Genesis & Evolution in the Poetry of William Blake", *Criticism*, Vol. 4, No. 1, 1962, p. 63。除此之外，在 Rodney M. Baine 和 Mary R. Baine 合著的文章当中，他们讲老虎形象的统计范围扩展到了图像文本，得出了47这个统计数量，具体可参见 Rodney M. Baine and Mary R. Baine, "Blake's Other Tigers, and 'The Tyger'", *Studies in English Literature*, 1500–1900, Vol. 15, No. 4, Nineteenth Century, Autumn, 1975, p. 556。

② Rodney M. Baine and Mary R. Baine, "Blake's Other Tigers, and 'The Tyger'", *Studies in English Literature*, 1500–1900, Vol. 15, No. 4, Nineteenth Century, 1975, p. 564.

系，这一认识显然受到了弥尔顿，尤其是斯威登堡的影响。

在给弥尔顿的《失乐园》做的注释中，布莱克曾写道："撒旦现在复苏了原罪、死亡和地狱，用以庆贺战争和苦难的来临：狮子抓住了牛，老虎抓住了马，秃鹫和老鹰开始争夺羔羊。"① 显然，这些动物的出现在布莱克看来和世界的堕落有关。继而，在斯威登堡的神秘主义象征体系当中："自然人受到恶魔和由此带来的错误引诱，业已沉沦，在天堂之光照耀下的精神世界里，已不再是人，而是一只野兽，这只野兽的鼻子向内收缩……因为鼻子对应的是感知真理的器官：他同样不能感受到天堂的光束，只会觉得那是一团煤火。"② 动物与人在堕落世界中因此就成了对应的存在，其共同点在于失去了感知天堂之光的能力。除此之外，布莱克的老虎从另一个方面来看，也扎根在西方有关这个形象的传统中。有学者做过细细的比对，指出老虎这一形象在西方艺术和文学的表现传统中象征着血腥和残暴。③ 因此，对于布莱克而言，老虎这一形象首先继承了他人的影响，具有堕落（感官的萎缩）和残暴（愤怒）的意义。

对这一层意义，尤其是对老虎象征残暴的解读，西方学者根据布莱克自身的象征体系作了进一步的分析和阐发。达蒙较为干脆地认为："老虎就象征着愤怒……它就是堕落的路伐，当爱转为仇恨，它就成了奥克。"④ 而奥克这一形象，在一些批评者看来又和当时的法国大革命有着较为密切的联系，故老虎这个形象由此和革命产生了关联，这成了相当一部分学者将老虎身上所象征的愤怒和力量视作革命力量之象征的重要来源。⑤ 笔者认为，这样的联系虽然有道理，尤其是在分析布莱克

---

① David V. Erdman, ed., with Commentary by Harold Bloom. Rev. edn., *The Complete Poetry and Prose of William Blake*, University of California Press, 1988, p. 662.

② Emanuel Swedenborg, *The Wisdom of the Angels Concerning Divine Love and Divine Wisdom*, London, 1788, p. 216.

③ Rodney M. Baine, "Blake's 'Tyger': the Nature of the Beast", *PQ*, 1967, pp. 488–498.

④ S. Foster Damon, *Blake Dictionary: The Ideas and Symbols of William Blake*, Brown University Press, 1965, p. 413.

⑤ 有关这一论述的具体阐述，可参见 Morton Paley, *Energy and the Imagination: a Study in the Development of Blake's Thought*, Oxford University Press, 1970, pp. 30–60.

的作品与当时的社会语境时,能为我们提供较为合理的视角,但是将"老虎"和"奥克"直接对应起来似乎有些草率。因为在《天堂与地狱的婚姻》当中,布莱克曾写道:"愤怒的老虎要比说教的马更聪明。"①也就说,老虎的愤怒是有具体指向的,它之所以比说教的马更聪明,原因在于老虎的愤怒是一种非理性的存在,它代表着力量和激情,而说教的马代表的是一种理性,故而没有愤怒的成分。所以,老虎的愤怒首先是以理性的反面出现的,它所迸发出的激情是对无所作为的理性(在布莱克看来)的驳斥,而非简简单单的一种革命力量的延伸。尽管这一认识可以作为重要的补充,但是我们仍需对这一点作适当的说明。在《天堂与地狱的婚姻》当中,包括老虎在内的许多动物的确作为某种象征,从而传递出布莱克的某些意图,但是这种存在于箴言当中的动物形象,尤其是背后所凝聚的象征意义却仍旧是单一的,布莱克并未仅仅停留在老虎"愤怒"的单一层面,而是在不断的诗学拓展中,逐渐脱离了前人对他的影响,发展出了自己对这一形象的独特理解。

在先知书系列中的《欧洲》和《阿哈那之书》当中,老虎的愤怒主题得到了延伸,但是这一层象征意义在逐渐发生变化。布莱克意识到愤怒所带来的激情如若不加控制,就会往残暴和恶毒方面发展和变化。非但这种愤怒的激情未能带来真正的"灵视世界",反而爆发出一系列可怕的局面:

> 狂暴的仇恨四处飞舞!
> 在那金色的残酷战车之上,轮子滴着血
> 狮子鞭打着他们愤怒的尾巴!
> 老虎趴在献祭之物上,渴饮红色的潮水

而在《阿哈那之书》当中,这种失控的愤怒继而一跃成了情绪的主宰,反而具备了它的反面:理性(由理生)的特征。

---

① [英]威廉·布莱克:《天堂与地狱的婚姻——布莱克诗选》,张德明译,中国文联出版社 1989年版,第18页。

第五章　文字、图像与"灵视"显现

当福左恩放出老虎
由理生被它的愤怒所倾倒
我就是神！他说，万物的长者！

由此可见，这种失去控制（放出老虎）的激情，使得由理生看到了和自身相似的单一（独裁）特质，从而可以发现，单一和过度的情绪表达，只能带来更为激烈的情绪，而非灵视的完美世界。在此阶段，布莱克的老虎经由愤怒继而转到了残暴的一面，这是老虎形象的一次重要转变。

在此转变之下，布莱克继续从残暴这一层意义出发，拓展了老虎这一形象。在《特列尔》之中，老虎这一形象再次出现：艾吉姆在认识他的兄弟特列尔的过程当中，经由了一系列的转变，特列尔首先是一头"可怕的狮子"，随后成了一头老虎，随即又成了布满箭矢的云朵、光鲜的蛇、一只蟾蜍或者蜥蜴、一块岩石，最后成了一根有毒的树枝。这样的转变也许是受到了弥尔顿的影响①，但弗莱认为它更为直接地是受到了斯威登堡的影响。② 具体来看，斯威登堡在《真正的基督教》一书中曾提起："地狱之界由只爱自己之人统治着，由此带来的淫欲播散四处，可以从各种野兽，比如狐狸、豹子、鳄鱼和恶毒的蛇上所看见……这些生物更具先知书上的内容，可被称为傲吉姆，提吉姆和艾吉姆，这些物种从自私之爱中延伸出来。"③ 由此来看，特列尔眼中的艾吉姆其实就是自私之爱的化身。虽然我们没有看到特列尔见艾吉姆变身成为一只老虎的形象，也未在斯威登堡的论述中看到老虎的影子，但既然堕落世界中的野兽都有这样的成分，并且与人相关，那么我们可以合理推

---

① 我们知道在《失乐园》当中，撒旦堕落后，由一个"天使长"变身成了蛇的形象，但在整个变形过程当中，他曾短暂地以狮子的面貌出现，而后迅速再次堕落成一头血腥的老虎和剧毒的蟾蜍。具体可参见弥尔顿《失乐园》第四章的相关内容。

② Northrop Frye, *Fearful Symmetry: A Study of William Blake*, Princeton University Press, 1947, pp. 242-243.

③ Emanuel Swedenborg, *The True Christian Religion*, trans. William C. Dick, London, 1950, sec. 45, I, pp. 59-60.

测，老虎也是如此。在这一阶段中，老虎经由前两个阶段，又延伸出了自私的意义。这一层意义并非是一个孤立于老虎整个形象演变的特例，而是一种更为具体的深入。从愤怒到血腥再到自私，我们可以发现老虎所代表的堕落世界中的生物，越来越关注自身、越来越呈现出封闭的自我形象，这种封闭的表征使得堕落世界里的生活失去了和外在世界的交流，更为重要的是通过感官的封闭，先是将自己的愤怒上升到血腥的层面，继而这种血腥的状态最终闭塞了感知能力，从而失去了感知天堂的能力。

自私和残酷的动物（老虎）形象在《阿尔比恩女儿们的幻象》中得到了进一步的加强。在这首诗歌当中，奥松（Oothoon）起先主张自由和无私之爱，在这个阶段中，她可以清晰地将老虎辨识为某种具有非人特征的形象：

去问问野驴为何他要拒绝重负：问问温顺的骆驼为何爱人：
是否因为眼睛、耳朵、嘴巴或者皮肤、呼吸的鼻孔之故？
不是，这些是狼和老虎才有的。

骆驼之所以会爱人，野驴之所以不用抗重物，在布莱克看来就是未通过各种感官的细分，从而分辨出自我和他人，而狼和老虎则因为有了感官上的具体区分，从而更加聚焦在自我身上，表现出自私的一面。在全诗接近尾声时，再次出现了老虎这一形象：

太阳是否一身荣光走在隐秘的台阶上？
那里冷漠的守财奴挥撒着他的金币？
抑或明亮的云朵跌落在他石头的门槛上？
光线是否给他可怜的眼睛开了眼界？
抑或他是否会靠在牛边上，和你坚固的犁绑在一起？
温和的光线不会光临蝙蝠、猫头鹰、灼炽的老虎和暗夜骑士。

第五章 文字、图像与"灵视"显现

我们可以发现，老虎这一形象和蝙蝠、猫头鹰一起，显现出了一片黯淡，因为它们的吝啬（自私）使光线不可能降临到它们的世界中。光线在此是一个强有力的隐喻，象征着灵视世界大门的关闭。反观老虎本身，与蝙蝠和猫头鹰相比，它自身燃着炽热的火焰。火焰在此亦可有两层意思可以解读，首先火焰代表老虎自身的愤怒（如同接下来要着重分析的《老虎》一诗中的情况一样）；其次，火焰本身是发亮的，但老虎恰恰因为自私而忽视了自身可能散发出的光亮。由此可见，老虎在众多动物中，因为愤怒，从而拉远了自己与天堂之光的距离，其封闭、自私的意味尤为突出。

由于有了"自私"这一层意义，布莱克象征系统中的动物和人就具体联系在了一起。应该说，动物和人在未堕落的世界中本身就是浑然不分的天真状态（比如野驴和骆驼之于重负和人），但是当人从统一的灵视世界中堕落之后，就失去了这种认同关系，通过将动物比作自己性格中的某一部分，从而将自己和动物通过象征性的关系联系在一起：

  人向外看去，在草木、鱼鸟和野兽身上
  重新拾起他永生之躯四散的部分
  从而将它幻化如万物生长所依据的元素形态

这一联系成了布莱克后期创作《耶路撒冷》中的重要主题。在堕落的世界中：

  愤怒的老虎从它们的管理者手里招来说理的马，
  他们松开它们，给它们按上金色、银色和象牙的马鞍
  使得它们以与人不可分的形状站在光之王子由理生边上
  从而使得人的想象力麻木成了石头和沙砾。

由此可见动物和人在堕落的世界里象征性地联系在一起，其代价就

是想象力的丧失。但是这一联系并非意味着老虎这一形象就因此停留在了堕落世界中无法自拔。我们可以发现，获得了人形的动物，在布莱克的诗中继而幻化出一系列救赎的意味。在《耶路撒冷》的最后：

> 生灵搭乘在金子和珠宝搭建的战车上，
> 闪耀出星辰和火焰的各色光芒，
> 狮子、老虎、马、大象、老鹰、鸽子、苍蝇和爬虫
> 还有所有穿着镶嵌宝石，一身珠光宝气的人形恶毒之蛇
> 全都处在原罪的救赎当中

我们发现，动物和人的联系（人形的生物）在陷入了自私之境，共同表征着堕落世界之后，又获得了共同救赎的力量。也许在布莱克看来，这是一种逆向的回归。如若感官的封闭和分裂使得人和动物从不可分割的天真状态中堕落，从而使得人和动物在堕落世界中各自陷入自私的境遇之中，那么通过挖掘出人和动物共同的堕落之因，他们又在经验的世界中重新连接在一起，从而有了共同回归的可能，这里的战车好似诺亚的方舟，人和动物一起得以回归救赎之地。

综上所述，在布莱克的整体诗学当中，老虎形象经过了一系列的演变，从愤怒到血腥，通过和人共同在堕落的语境中获得一致性，再到自私，最后获得救赎的意味。形象的演变其实折射出布莱克整体诗学的一次微观演变，在其中可以发现各种特质的老虎形象：愤怒之光的老虎、残酷的老虎、自私的老虎，以及人形的老虎。带着对这些形象的认识，我们可以走进《老虎》一诗中所描绘出的老虎形象，从而挖掘文字文本中所蕴含的特殊意味。

围绕着文字文本，《老虎》一诗之所以受到历来各种流派批评的重视，其中非常重要的原因在于此诗包含了以下几个难以解释清楚的方面。

第一，诗中充满了大量的疑问句，这些疑问未能在诗歌中得到清晰的回答，因此多数批评就成了解谜或者提供答案的尝试。在这一系列问题当中，"莫不是他，羔羊的作者把你造"这个问题受到了大多数评论

第五章 文字、图像与"灵视"显现

的关注。弗莱认为学者对此问题的回答:"都想给出明确的答案:是或者否,如果回答'是',那么布莱克就成了一位泛神论者,反之,如果回答'否',人们相信他就是一位诺斯替教徒。对于大多数真正热爱这首诗歌的人来说,他们会将这个问题就当作问题来看,无疑他们是正确的。"① 弗莱的观点是正确的,比起诗人教派的归属,更为重要的是关注这些问题本身,尤其是认识这些问题在全诗的内涵所在。如此一来,关注这些问题本身就会带来第二点疑问。

第二,既然存在如此多的疑问,那么提问者是谁?对这个问题的解读,学界可以分成两个主要阵营,其一,关注这些问题的"外延",亦即和第一点的情况一样,急于给出一个明确的答案。其二,关注这些问题的"内涵",也就是注重分析这些问题当中的修辞成分。② 两相比较,前者较为容易解释清整首诗歌的象征意义,后者则能够基于全诗的基本构成,揭露出布莱克想象力的发展和表现。而从实际的批评效果来看,其实真正能够揭露出布莱克创作的特色的当属后者。

当然,尽管可以采取不同的批评策略,采用不同的切入点,但以上两个问题实难在短小的诗作中找到令人信服的答案,因此许多批评者继而去布莱克的创作笔记中寻找答案。在布莱克的创作笔记中确实收入了《老虎》一诗的原始版本和另外两个修改版本。但是,通过比对各个版本之间的差别,非但未能回答清楚上述两个基本问题,反而引申出了第三个问题:为何布莱克要反复修改这首诗歌,也就是说,布莱克可能的创作意图到底何在?显然,要想回答这三个较为复杂的问题,仅仅通过回避文本本身,通过将文本中的老虎嫁接到某种外在的象征意义的阐释上(比如认为老虎象征着路西法、法国大革命的激情)是不能说明问题的。因此,为了围绕文本本身,并且兼顾各个版本之间的改动情况,笔者在此意在进行一次深入而详细的文本剖析,试图揭示出隐藏在文字

---

① Northrop Frye, "Blake After Two Centuries", *University of Toronto Quarterly*, XXVII, 1957, p. 12.
② John E. Grant, "The Art and Argument of 'The Tyger'", *Texas Studies in Literature and Language*, Vol. 2, No. 1, 1960, p. 39.

文本中的老虎这一形象可能存在的内涵。①

全诗可以分为六个诗节，每个诗节包含四句诗句。在展开具体的剖析之前，为了有较为直观的印象，笔者在此列出《老虎》这首诗歌的英文原版，并在此基础上做一番文本修订处理，在原诗的边上，通过句句对应的方式，给出飞白老师的中文译本。② 而笔记本中的关键的修改部分（并非所有修改都会在此罗列，因为有些是为了诗歌表达效果的修改，不会影响全诗语义的传达），则在原文诗歌的相应位置（包括译文）以括号加斜体的方式给出。

我们来看第一诗节：

Tyger! Tyger! burning bright,	老虎！老虎！火一样辉煌，
In the forests of the night.	燃烧在那深夜的丛莽。
What immortal hand or eye?	是什么超凡的手和眼睛？
Could (*Dare*) frame thy fearful symmetry?	（敢）塑造出你这可怖的匀称？

首先，这首诗歌如同许多布莱克的诗歌一样，具有很强的视觉和听觉效果。至于听觉效果，学界通过分析其独特的扬抑格已经得到了充分的阐释，笔者在此不再展开，值得关注的是其中的视觉层面。这节诗歌就如同布莱克的许多包含视觉场景的诗歌一样，其中尽管包含较为强烈

---

① 据笔者所收集的文献，国外学者在这方面也做过类似的尝试，其中对笔者的分析起到重要借鉴作用的是以下两篇论文，John E. Grant, "The Art and Argument of 'The Tyger'", *Texas Studies in Literature and Language*, Vol. 2, No. 1, 1960, pp. 38 – 60; Martin K. Nurmi, "Blake's Revisions of the Tyger", *PMLA*, Vol. 71, No. 4, 1956, pp. 669 – 685。其中 John E. Grant 的论文史无前例地对《老虎》这首诗歌进行了字句拆分解读，这样的解读策略对笔者有着直接的启发。值得指出的是，格兰特在他的论文中还具体启用了自创的标注全诗标点的方式，以此来取代最初版本中的标点。但笔者看后发现，尽管格兰特有他自己的理由，但这些理由似乎也只能满足他自己的分析基础，实难肯定就是布莱克自身的意图，再加上这一问题学界尚有争论，故在此暂时撇开标点标注的分析，保留通行布莱克诗歌的标注方式，中译本皆同。相比之下，Nurmi 作为第一位考察布莱克《老虎》一诗各个版本的学者，他提供的各个版本之间的差异，为读者进行版本比较提供了具体的依据。

② 飞白先生的译本选自飞白《诗海：世界诗歌史纲（传统卷）》，漓江出版社1989年版，第309—311页。

第五章 文字、图像与"灵视"显现

的视觉场景（火焰、黑色的丛莽）等，但这些场景的意义包含在一系列的视觉对比当中，而不仅仅是一个空间的背景展示。其中"黑色的丛莽"据弗莱考察是布莱克对但丁作品的模仿，构成了一个不详的象征符号，象征着堕落的世界。① 因此，发光的老虎和黑色的丛莽就构成了第一个显见的视觉对比。其次，根据前文的分析，老虎在布莱克的诗学体系当中也是一只堕落的动物，这样一来，从象征的角度来看，黑色丛莽和发光老虎之间的对比意义就削弱了，两者实则是一组并置，同属于堕落世界中的两个元素。但是从老虎发光这一意象构成来看，其中真正的对比体现在老虎身上。老虎并未像黑暗的堕落世界一样，呈现出暗淡的模样而是在熠熠闪光，这说明这只老虎即便在堕落的世界中也是具有自身的特质的，但直到目前为止，我们还不能说这种特质就能够帮助它脱离堕落世界，而仅仅是一种更为深入的揭示，可以说老虎之所以能在此出现，就是因为它身上发着光，露出愤怒的仪态，这个形态构成了它之所以成为堕落生物的重要原因。

在展示完这样一个原初的堕落场景，奠定了全诗的"经验"基调以后，诗中的提问者给出了全诗的第一个问题。格兰特指出此问题的提出方式是耐人寻味的，它包含着一股力量的转变，具体来看，"第一诗节中的提问所爆发出的部分力量基于以下事实，亦即第四行的诗句是抑扬格（iambic）。从扬抑格到抑扬格的转变刚好对应着视觉场景到提问的转变"②。尽管格兰特没有给出这样转变的具体原因，但我们可以据此推测，这个潜在的提问者具有较为清晰和冷静的叙述逻辑。他面对此景当中较为强烈的视觉冲击，没有表现出过多的惊讶成分（或许提出这样的问题本身代表着他的惊叹，但是这个问题本身是一个疑问，而非表达某种具体可感的惊叹，纵观全诗，类似的问题反复出现，并且层层深入，即便后面的视觉场景退隐了，这些问题依旧存在，这表明潜在的

---

① Northrop Frye, "Blake's Treatment of the Archetype", *English Institute Essays*: 1950, ed., Alan S. Downer, New York, 1951, pp. 170 – 196.

② John E. Grant, "The Art and Argument of 'The Tyger'", *Texas Studies in Literature and Language*, Vol. 2, No. 1, 1960, p. 42.

提问者的确是在疑问的语义层面给出问题的，其意义大于惊叹）。因此，他应该不是《经验之歌》开头那位无所不在，并且"过去，未来，现在皆可看见"的吟游诗人，因为如果是他，那么他应该能够凭借如此强大的视觉能力，看穿这一切而非在此提问，更不会以惊讶的语调在此惊叹。除此之外，问题本身中包含了三个主要的构成和一个关键的修改。具体来看，问句中包含了两个主要提问对象："超凡的手和眼"。而这两个感官对应的动词则是塑造（frame）。这是关键的一笔，其关键意义在于对应了老虎自身的对立状态。手塑造出了老虎的外形，也就是说某种力量使得老虎堕落到了此处，而眼睛的塑造则体现在看见它身上的光亮，显然在此眼睛的"塑造"比起手的具体动作来说体现出一种虚指的状态，它的意义在于"限定"，也就是说看到老虎身上发出的光，实则表示老虎身上某种具有局限性的状态正在向外投射。其次，从手稿来看，布莱克起先用的是"敢"（dare）这个词，而后来改为 could。dare 一词具有较为明显的姿态性，表明这个提问者的挑战和不屑，甚至有一丝怀疑的情绪，但仅凭这一场景就给出如此强烈的情绪，这本身不足以承载这一切。（事实上，直到全诗的最后，也就是最后的诗节里，布莱克又重复了这一段，才将 dare 正式取代 could，而在那时，布莱克已将全诗完成，所包含的内容多于此刻的场景本身。）而 could 一词则表现的是一种能力，情感上较为折中，在语义层面表明老虎的堕落姿态（与黑暗的丛莽并置）和发光的姿态是一致的，也就是说这里展现的其实是两种状态老虎的并置：堕落的状态和堕落原因，前者由手创造，后者由眼睛表明限定，而手和眼睛之间用的词是"or"，而非"and"，这表明这两只老虎分别有两个不同的呈现方式。

带着这种对立面的展示，我们看到了接下来的第二诗节：

In what distant deeps or skies	从何处取得你眼中的火焰
Burnt the fire of thine eyes?	取自深海，还是取自高天？
On what wings dare he aspire?	凭什么翅膀他有此胆量？
What the hand dare sieze the fire?	凭什么手掌敢攫取这火光？

第五章 文字、图像与"灵视"显现

在这节当中，提问者追问下去，集中关注到火光这个元素上，他的第一个问题是这些火光的出处到底是哪里？关于这一问题，鲁米简化视之，将深海（deeps）引申为地狱，高天（skies）隐喻成天堂。① 这样一来，问题就变成这只老虎的火焰到底是天堂赋予的还是地狱来的。进一步拓展这一问题，笔者倾向于认为这股火焰来自地狱，因为在《婚姻》中，布莱克曾表述过：

在理性看来，似乎欲望被驱逐出去了，但魔鬼的解释是弥赛亚打倒了，他后来又用从地狱中偷来的东西创造了一个天堂。

这反映在《福音书》里，那里记载着他祈求圣父派圣灵（或欲望）来，理性也许知道自己依赖于它，而圣经中的耶和华恰恰就是那位住在熊熊燃烧的烈火中的人。要知道在基督死后他就成了耶和华。

如此来看，老虎的光芒也是弥赛亚从地狱偷来的东西之一。但这并非关键，因为重点在于，这个火光的意义表明，在布莱克的象征体系当中，天堂和地狱是反讽性的存在。天堂对应的是理性和法则，他使得万物失去了激情和行动力，从而显现出堕落的样貌，而地狱则相反，给予了万物动能（energy）和激情，这样一来，老虎的光亮则是反讽性的地狱隐喻，它表明这只老虎身上有一股跃跃欲试的能量在不断向外喷薄。但无论它来自天堂还是地狱，这已经是一个过去的构成，因为我们可以发现，紧接着出现的下一个问题当中，动词的时态出现了细微的变化，先前问句当中的 burnt 一词所呈现的过去时态，在接下来的问句当中，以 dare 为表现形式，展现出较为明显的现在时。我们知道，在布莱克的诗作当中，表明时态变化的动词，往往不是指叙事的推进（可参照前文对《婚姻》序诗的分析），而是视角的转变。回到原文中来看，这里由时态所带来的视角转变集中体现在一种聚焦的变化，提问者开始从

---

① Martin K. Nurmi, "Blake's Revisions of the Tyger", *PMLA*, Vol. 71, No. 4, 1956, p. 676.

询问生成的问题转而聚焦到老虎已经形成状态的提问。新产生的问题当中，翅膀和天堂（高天）对应，是一个较为模糊的所指，提问者似乎在问，此刻已经存在的堕落的老虎，该凭借什么样的动力才能回到"灵视"的世界当中（aspire 一词带有渴求的意味）。而攫住火焰的手则代表着赋予老虎动能的愤怒姿态。两个问题当中都出现了 dare 一词，笔者认为第一个 dare 意在表明对未来状态的期许，第二个 dare 则表明对老虎这火光背后展现出的姿态的惊讶，这个提问者或许发现了，这股动能是一股矛盾的力量，它既是来自地狱的一股激情和动力，代表着某种创造力，但这股创造力却仍旧和堕落世界相联系，未能给老虎一个超越的姿态，同时正是这股力量的存在使老虎这个创造物避免了进一步的堕落。在布莱克的象征体系当中，"创造和堕落是同一件事情的两个方面，创造至少是一个方法，可以愈合由堕落带来的永恒缺失"[①]。如此来看，在第二节当中，布莱克揭示了第一节中两种状态的老虎之所以能融合在一起的原因，从更深的层次上来看，这一节无疑在问题背后给出了老虎之所以能够存在于这个堕落世界中的缘由。

从这种较为戏剧化的场景出发，全诗的视角再次缩小，开始关注老虎的产生过程：

And what shoulder, & what art	什么样的臂力，什么样的神工
Could twist the sinews of thy heart?	把你心脏的筋拧制成功？
And when thy heart began to beat,	当你的心脏第一次搏跳，
What dread hand? & what dread feet?	那是什么样可怕的手脚？

我们可以发现这节诗中的关键词是"心脏"，说明这节诗歌所要重点关注的是老虎心脏的铸造过程。较为关键的是，这一节诗歌和第一节有着较强的联系。首先，第一节中的"手"和"眼"在这节当中更为具体地表现为臂力（shoulder）和神工（art）。其次，在第一节诗中，

---

① John E. Grant, "The Art and Argument of 'The Tyger'", *Texas Studies in Literature and Language*, Vol. 2, No. 1, 1960, p. 44.

连接手和眼的词是"or",如前文所述,它表示的是两种老虎的状态,而在这一节诗歌当中,作为眼和手的具体延伸,膂力和神工之间用的是"and",可见在这节当中,关注点具体在一种状态的老虎。结合这两点来看,先前对老虎静态的展示开始转为动态,这只先前还仅仅在放光的老虎,开始在疑问的状态下逐渐获取某种生机。膂力和神工表明,建造老虎的那股力量更具有实践的效应,也就是说提问者在此想要询问的是究竟是什么原因使得老虎显现出堕落的状态。

除此之外,我们可以发现,哪怕是对于心脏的描写,这里的聚焦点得到了进一步的缩小,集中在心脏的"筋"(sinews)上。我们知道,筋作为连接肉和骨头的纽带,本身无论从词源上还是从功能上来看都是具有某种"绑定"的意味。而这一隐含的意味则又通过"拧制"这一动词,激发出了某种可怕的效果,使得这只正在建造中的老虎爆发出了愤怒。我们已经知道,在布莱克的象征体系中,"绑定"和"愤怒"通常都是堕落世界中生物的具体表现,绑定意味着限定,也就是能够洞察灵视世界的感官关闭了,而愤怒则是因为失去了灵视世界之后,徘徊在堕落世界中的一种固定表现姿态。由此可见,膂力和神工,通过作用于老虎心脏的筋上,使得它表现出了堕落的状态。

当这只老虎获得了生命之后,本节中的第二个问题随即出现,我们看到这里的连词同样用的是"and",这样一来不免让人有些许疑虑。心脏造就成功后,诗中的提问者为何要关注老虎的外形?就算关注老虎的外形,那么躯干为何没有进入视野,反而是老虎的手和脚呢?如若细细读来,我们会发现它其实展现出来一种未完成的状态,甚至如格兰特所说的那样,呈现出一种语法含混的局面。[①]两个"what"所引导的句子确实表达的是疑问,而非感叹,但仔细看来缺少具体的疑问对象,也就是说如果疑问的是手和脚,那么手和脚作为施动成分,它们所具体指代的效果才是真正应该疑问的地方。对于这个疑虑,格兰特引用鲁米的文章后发现,在最终版本呈现之前,手稿中其实包含了两个版本的修

[①] John E. Grant, "The Art and Argument of 'The Tyger'", *Texas Studies in Literature and Language*, Vol. 2, No. 1, 1960, p. 46.

改，第一个版本中，加入了"forged thy"（锻造了你），第二个版本中则变成了"formed thy"（塑造了你）。① 如此一来，我们可以发现，这里的手和脚，并非老虎的，而是属于神秘的创造者。但这样的结论貌似轻率了些，因为我们毕竟看到的是最终的版本，也就是说布莱克最终决定让读者看到的版本中并没有包含这两个指向性的动词。那么合理的解释就是，布莱克在此有意地在含混创造者和被创作者的区别，正如格兰特所说："我们应当注意到，这里的手和脚在原始的版本中是属于创造者的，而与此同时，脚这一部分也是属于老虎的。"② 这样一来，"and"这个连词的功能就在于通过连接创造者和创造物之间的共同特质（可怕），从而展现出一个内在的对称，亦即，创造者是可怕的，被创造物也是可怕的。老虎之可怕我们可以理解，因为它经由本节的前两段内容爆发出了愤怒，那么创造者为何又是可怕的呢？据格兰特考察，"脚"这个特别的意象，其实在布莱克的其他作品中也有提及。在布莱克的神话体系当中，当伊洛西姆（Elohim）创造亚当的过程当中，最后完成的一步恰恰是"脚"。这样来看，这个造物主的可怕就在于，他不仅造就了老虎的可怕，而且让老虎的可怕能够"立足"下去，从而使这个状态能够持续下去。

完成了心脏构造，老虎又进行了脑部的塑造：

What the hammer? what the chain?	什么样的铁锤？什么样的铁链？
In what furnace was thy brain?	什么样的熔炉将你的脑子烧炼？
What the anvil? what dread grasp	什么样的握力？什么样的铁砧？
Dare its deadly terrors clasp?	敢把这无人敢碰的材料握紧？

这节诗歌开始，我们可以明显感觉到文字当中的语气和节奏都在加强。如果说前三节文本中还有描述性的场景抑或动作的表现，那么到了

---

① John E. Grant, "The Art and Argument of 'The Tyger'", *Texas Studies in Literature and Language*, Vol. 2, No. 1, (Spring 1960), p. 47.

② Ibid..

第五章 文字、图像与"灵视"显现

这一节里，所有的问题以一种较为紧凑的布局展开。第一句当中出现了铁锤和铁链的意象，通过对比前三节，我们可以发现一个较为明显的递进过程。手经由膂力转变成了现在的铁锤，眼经由神工变成了现在的铁链。如若说由"手"延伸出来的一系列意象象征着老虎的堕落状态，而由"眼"所延伸出来的一系列意象代表着老虎堕落后的具体表现，那么到了这一节里，这些力量达到了终极的表现。在第三诗节当中，我们尚可以发现"筋"这个隐喻，需要通过揭示隐喻的内涵才能挖掘出其表示限定的内涵，而到了第四节，这些"筋"一直蔓延到了老虎的脑部塑造过程中，成了较为明显的"铁链"。"铁链"是布莱克象征体系中较为明显的一个指代意象，它不仅象征着感官的束缚，也有某种霸权的意味在其中。继而通过铁链和脑子之间的押韵（chain、brain），我们可以获取语义上的启示，亦即，老虎的大脑在建造伊始就是被束缚住的。除此之外，我们可以发现，诗中还出现了熔炉这一意象，据弗莱考察，熔炉在布莱克的象征体系当中，经常用来表征身体的被困状态，因此也是束缚动力的主要来源。[1] 这样一来，布莱克就在问题中揭示了理性作为堕落原因之一，既束缚了感官，又统治了一切行动。有了这一层意义的递进，我们发现，第三节中的"可怕"一词再次出现，很显然，在此处，可怕这一语义得到了加强，如果说第三节中的可怕既体现在老虎的堕落，以及造物主对他这种状态的持续，那么在这一节里，"dare"一词所呈现惊恐状态说明，造物主不仅持续了老虎的堕落状态，还为它塑造了一个由"物质"（铁砧、铁链、铁锤）所打造的冰冷的大脑。至此，这只老虎塑造成型。它有一颗被束缚的心脏，还有一颗不仅被束缚，而且缺少活力的大脑，这两者对应于堕落的世界，呈现出另一番"可怖的匀称"。

当塑造的烟灰散去，诗歌的第五节释放了先前的紧张，带来了一幅较为包含讽刺意味的画面：

---

[1] Northrop Frye, "Blake's Treatment of the Archetype", *English Institute Essays*: 1950, ed., Alan S. Downer, New York, 1951, p. 288.

When the stars threw down their spears 当群星向下界发射金箭
And watered heaven with their tears：把泪珠洒满那天宇之园：
Did (*dare*) he smile (*laugh*) his work to see? 他可曾（敢）对自己的作品发（嘲）笑？
Did (*dare*) he who made the Lamb make thee? 莫不是他，羔羊的作者（敢）把你造？

第五诗节最明显的特质在于第一句里的冒号。① 这个冒号不仅缓释了先前的紧张气氛，而且给全诗带来了最为暧昧不清的一个场景。为此，格兰特围绕着这个冒号展开了多种可能性的猜测。第一种可能是，群星向下发射金箭和泪珠撒满天宇是同一个动作，这样一来第三行里的他的"作品"应当指的就是这个行为。第二种可能是，由于最后一行中出现了羔羊和老虎，那么这里的作品应当是指老虎这只野兽。而第三种可能是，将前面两者结合在一起，也就是说，老虎先创造出来，随后这只野兽打败了群星，从而使得创造者发笑。第四种可能干脆把这两件事情分开对待，主动方在群星这一侧，因为群星看到了造物主造出了老虎，所以它们呈现出悲伤和颓败之势。② 除此之外，我们还可以发现，在布莱克的创作草稿中曾一度用"嘲笑"（laugh）来替代"微笑"（smile），用"敢"（dare）来替代"能"（did）。

如若将这两个特质结合起来看，先前笔记当中的版本和既有的版本刚好呈现出两个截然不同的效果。先前笔记本中的版本表现出一种戏谑的强调，仿佛造物主也在嘲笑（laugh）这一切，无论他嘲笑的是群星还是老虎，抑或是表现出对自己既是羔羊的作者也是老虎的作者这一角色的紧张（dare）。而换成了现有的版本，不但语气得到了缓和（did），而且勾勒出造物主较为得意的一面（smile）。那结合这一点来看，究竟

---

① 这里的冒号和中译本有出入，根据格兰特的论述，有些版本中的逗号是由布莱克的传记作家凯耶斯所加，但冒号却是布莱克自己在雕版上的最终版本，故笔者在此根据原意，对中文译本做了相应修改。

② John E. Grant, "The Art and Argument of 'The Tyger'", *Texas Studies in Literature and Language*, Vol. 2, No. 1, 1960, p. 50.

哪一种可能性才贴近布莱克的原意呢？要想回答这一问题，还需从布莱克自身的象征体系出发，回到"群星"这个场景内。

鲁米的阐释对我们的问题有着直接的帮助，他认为："从布莱克一贯的作品来看，群星和天堂象征着成体系出现的严酷束缚，它抽象的理性，延伸出通过律法作用于人，而群星的哭泣象征着，在天穹层面渗透出一种启示，或者它打破了将人从人性中分离开来的障碍，预示着人将从'深夜的丛莽'中回归。"① 这样一来，貌似我们前面诉说的四种可能皆不能成立，鲁米又为我们提供了一种新的可能：这节诗中，群星哭泣、羔羊和老虎的创造者之笑，这两个片段皆源于一个和谐的局面，亦即启示来临了，提问者在此是要提醒读者，造物主除了造就了一只堕落、愤怒、无望的老虎之外，还创造出了羔羊这一属于天真境地的动物，因此造物主露出了笑容，这笑容就代表着希望。但是，这样的解读依旧存在问题，格兰特给出了一个敏锐的发现，那就是时态。我们顺着他的思路重读这节诗会发现，群星哭泣这个场景用的是过去时态，笑这个场景也是如此。这样一来，鲁米的观点就站不住脚了，因为启示预示着将来，但按照这里的时态来看，显然属于过去曾经发生的事情。那么提问者就应该是在天启之后再提问，但这样的提问就变得没有意义了。② 除此之外，我们发现老虎并没有再度现身，表现出回归的举动，依旧待在丛莽之中。

面对鲁米论述中的悖论，格兰特又通过援引别人的观点得出另一个可能。这种观点的解读关键落在群星上面。群星在此有两个举动，一个是向下发射金箭，另一个是散漫泪水。那么向下发射金箭就代表着某种战争的爆发，这场战争就是对理性的抗争。而群星哭泣的这一幕则可解读为群星折射出了天堂之光，但这种光线由于在黑暗之中，所以降落之后幻化成了露水。这样一来，按照这种解读，整首诗歌的场景就锁定在了黎明破晓之前，也就是说这只老虎尽管还处在黑夜之时，但天堂的启

---

① Martin K. Nurmi, "Blake's Revisions of the Tyger", *PMLA*, Vol. 71, No. 4, 1956, p. 672.
② John E. Grant, "The Art and Argument of 'The Tyger'", *Texas Studies in Literature and Language*, Vol. 2, No. 1, 1960, pp. 51–52.

示即刻就会到来。① 继而,造物主对羔羊和老虎都露出了笑容这个举动表明,两者在造物的眼中都是必要的存在,没有老虎(经验)的世界,就不可能有羔羊(天真)的世界。这里也折射出布莱克在《婚姻》中的核心观点,"没有对立面,就没有进步"。

按照这样的解读来看,全诗的最后一节的意义就显得较为明朗了:

Tyger! Tyger! burning bright	老虎!老虎!火一样辉煌
In the forests of the night,	燃烧在那深夜的丛莽,
What immortal hand or eye	是什么样非凡的手或眼
Dare frame thy fearful symmetry?	敢塑造你这可怖的匀称?

与第一节相比,最后一节诗歌只更改了一处,即最后一句当中的"could"变成了现在的"dare"。我们可以感受到,在经历了天启意义的揭示之后,这里的"dare"不再是一种轻蔑或者傲慢的语气,而是对包含老虎在内的经验世界——天启的必经阶段的赞叹。也就是说,提问者不再对"匀称"感到惊叹,更多的是在为"可怖"的状态感到惊讶。

经由全诗的分析,我们可以发现,《老虎》这首诗歌的关键点恰恰隐含在一系列的问题当中。笔者认为,这些疑问显然不是用来解答的,而是一个诗意的修辞构成,它的展现意义大于疑问。布莱克在此要关注的核心就是"可怕的对称"。通过全诗的解读,我们可以发现"可怕的对称"包含如下几个方面。

首先,可怕的对称存在于造物主和老虎之间。这两个对称的因素由"手"和"眼"这两个关键的意象,经过"膂力"和"神工",再到"铁锤"、"铁砧"和"铁链",从而得到动态的发展显现。这股对称揭示出老虎堕落的形态和堕落的展现,并且通过"could"和"dare"这两个词的变化所体现出的张力,具体刻画了老虎所在的堕落世界之可怕,以及造物主塑造这个世界的可怕。"对称"这一词,体现出了布莱

---

① John E. Grant, "The Art and Argument of 'The Tyger'", *Texas Studies in Literature and Language*, Vol. 2, No. 1, 1960, pp. 52 – 53.

克诗学当中"对立面"的内涵。老虎身上的光亮和愤怒姿态,并非一种对抗力量的展现,而是一个堕落成因的展现,造物主也并未因为这个世界的堕落而做出具体的努力,继而挽救这只老虎,以及这个堕落的世界,而是仅仅露出一笑。可以说,老虎的发光和造物主的笑本身就构成了整首诗歌中最为重要的对称,两者并未直接发生对抗,而仅仅在于构成一个维度,两者在其中形成一个对立的关系,缺少任何一方,堕落至拯救的过程就无法实现。

其次,老虎本身也存在可怕的对称。心脏作为一个迸发激情和能量的器官,虽然仅有感觉器官(手和眼)打造,但是心脏中的筋却束缚了这一股激情的产生,而脑子象征着理性,通过一系列冰冷铁器的塑造,本身也呈现出了比心脏更为直接、更为厉害的束缚力量。如此一来,筋和铁链之间就构成了一组老虎自身身上的匀称,之所以是可怕的,那是因为它们都呈现出了封闭和压制的状态。

最后,对称也体现造物主自身身上,是他创造出了老虎和羔羊,其背后折射出天真和经验世界的对立,这两个世界并未因天真的状态更接近天堂,而表现出极力摧毁对立面的努力。两者似乎仅仅存在于一个关系当中。而要选择哪一个场景,则完全由这个世界的生物自己决定,或许这也成了提问者之所以会提出这一系列问题的原因之一。

同样,跳出文本分析,我们似乎还可以隐约地感觉到,《老虎》一诗的文字文本和图像文本之间也是一组对立的因素,那么它们是否也构成了一组可怕的对称呢?

在传统的文字文本批评之中,其实也有批评者涉及布莱克《老虎》一诗中的插画,但分析插画中的图像文本,并未能更好地解决文字文本分析中遗留的问题,反而带来了更多的疑问,其中最为批评者所津津乐道的问题归总起来就是:为何画中的老虎和诗中的老虎会有如此大的区别?

这个问题乍一看也不算什么问题。因为并非所有的文字配图非得要和文字文本一模一样,同样也并非所有图像所描绘出的场景必须和文字一一对应起来,作为插图画家,有时恰恰超出固有文字文本的表现,加入自己的独特理解，反倒能体现自身的艺术价值。但我们在此之所以还将《老虎》这部作品中的文字和图像不统一的情况视为一个必须探讨的对象，原因在于，首先作为一个整体，文字文本和图像文本全都出自布莱克一人。再加上前文已经说过，笔者倾向于认为这幅图所体现的"败笔"（主要是诗画不统一的情况）是作者布莱克有意为之的。其次，作为一个系统的表现形式，布莱克的文字文本和图像文本本身有较为独特的一面，探究这个问题，本身也是探索其独特诗学的一部分。再者，我们通过前几章的分析已经可以看出，布莱克的文字文本和图像文本背后蕴含着其诗学最为本质的内涵——灵视。因此作为灵视世界的重要性，使得我们无法回避《老虎》的图像文本。

在此首先要说明为什么说布莱克是有意造成诗画不统一的情况。一个最为浅显的推测是，布莱克是否真的看到过老虎？据布莱克的好友，外科医生约翰·亨特介绍，1763年至1771年在卡斯特街道曾经出现过一只斑斓猛虎。而根据当时伦敦当地的动物志介绍，在布莱克创作时期，关押动物的高塔内确实展览过老虎。[1] 除此之外，尽管没有任何的传记内容明确表明布莱克游历过高塔，但至少可以说，布莱克对老虎这只生物并不陌生。当然，对于艺术家来说，是否看到过真正的老虎并不重要，重要的是除去文字文本，以及《老虎》一诗当中的老虎之外，布莱克是否在别的图像中描绘过老虎这一形象？1802年，布莱克在为威廉·海利（William Hayley）的《大象》做雕版时，确实刻画过一只露着尖牙的老虎，逼真程度极高。[2] 尽管这是布莱克为他人做的作品，但是可以看出，第一，布莱克很可能看到过真的老虎，才能画出如此逼真的老虎作品。第二，他作为艺术家能画出凶狠的老虎。当然，考虑到布莱克自己独特的创作，这两点只能作为一个前提，关键还是要看这只老虎为何会显露出与诗中文字文本不相称的一面。

---

[1] Paul Miner, "'The Tyger': Genesis & Evolution in the Poetry of William Blake", *Criticism*, Vol. 4, No. 1, 1962, p. 61.

[2] Rodney M. Baine and Mary R. Baine, "Blake's Other Tigers, and 'The Tyger'", *Studies in English Literature*, 1500 – 1900, Vol. 15, No. 4, Nineteenth Century, 1975, p. 564.

第五章 文字、图像与"灵视"显现

对于信奉"微妙细分"的布莱克而言，他在画作中体现的每一个细节都值得我们的关注，因此在走进这幅图像之前，我们还需对他的图像做一次细微的剖析（见图5-6）。

图5-6 威廉·布莱克：《天真与经验之歌》，1821年，版本V，雕版：42，纽约：摩根图书馆和博物馆

首先，我们来看这幅图中的图像元素构成。整幅图中较为明显的主要有三个物体，分别为画面最右边的一棵树，占据下方中心位置的老虎，以及画面右方的一个类似草丛的植物。

先看右边的这棵树。整棵树只有躯干，没有树叶，总共有三个明显分叉的树枝。最上面的树枝分为三个树杈，上面和中间的两个树杈包围住了题目中"Tyger"一词，下面的树杈作为第一个分割，划定了第一个诗节。中间的树枝分为两个树杈，最长的一根一直延伸到画面左边，将整首诗歌分为上下两个部分（各三个诗节）。最下面的这根树枝分为两个树杈，上面那根树杈成了第五诗节和第六诗节之间的分界线。

画面中间的老虎，头向左边，躯干末端和右边的树叠合。右后腿向前迈，左后腿向后拉伸，前两条腿摆出相反的造型，四肢动作表明老虎处在向前行走的过程当中。

最右边的草丛最长的那根，向上延伸，构成了整幅图的框架，次等长的那根往上延伸与标题中的艺术字"The"的字母"T"相连在一起。

列出画面中各个元素之后，我们就可以进入整幅画面的解读。通过复述画面的构成，我们不难发现，最为明显的是这只老虎与诗歌中所描写的充满戏剧性张力的老虎形象不符的情况。对此，布莱克研究专家威克斯蒂德（Joseph H. Wicksteed）认为："我们知道他从未在森林中看到过老虎，如果从画面上来看，这只老虎更像是待在动物园里的老虎。单从图像中的生物来看，人们也许会希望布莱克选择画的是一个纯粹的精神形象……但是他试图勾勒出它嘴边笑容中的神性，并且在这头最为残暴的野兽身上表现出完美的'人型神圣'——除非把这整幅图像当成是一个面具，用来取笑那些企图在这张图纸上看到神性的人。"[①] 威克斯蒂德的这番解读受到了格兰特的质疑，在格兰特看来，威克斯蒂德看错了老虎的面部表情，与其说老虎露出的是笑容，不如说是忧虑的表现。[②] 究竟是笑容还是愁容，或许是仁者见仁智者见智的问题，本身并不构成问题，关键在于，如若按照威克斯蒂德的解读，那么这只老虎就应该处在某种天真的状态中。无独有偶，厄德曼也给出了相似的解读："构造老虎的过程诞生了自由的境遇，其中他的敌人变成了朋友，如同《婚姻》中天使变成了魔鬼。布莱克图像中的老虎普遍认为缺少凶残劲儿，批评者通常总结说布莱克不能'抓住火焰'来描绘一只可怕的老

[①] Joseph H. Wicksteed, *Blake's Innocence and Experience: A Study of the Songs and Manuscripts*, Native Amer Books, 1928, p. 193.

[②] John E. Grant, "The Art and Argument of 'The Tyger'", *Texas Studies in Literature and Language*, Vol. 2, No. 1, 1960, p. 55.

第五章 文字、图像与"灵视"显现

虎。他也许试过，但他还是为我们展现出它的最终模样，一只获得天真之境的老虎。"①

似乎通过威克斯蒂德和厄德曼的解读，我们可以得出这样一个结论：布莱克《老虎》中诗画不统一的问题，就在于诗歌描绘的是一个经验的世界，而图像却给出的是一幅天真的图景。但是问题在于，如若布莱克真的想用图画所描绘的场景来和文字的文本达成天真与经验的平衡，那么为何在图像中，这个树却毫无生机？此外，的确从文字文本当中，我们可以从第五个诗节开始读出救赎和启示的意味，如若图像在此展现的是老虎获得救赎之后到达的天真境地（如厄德曼所言），那么为何它和毫无生机的树木依旧存在同一个画面之内呢？很显然这个问题关系到这幅图中的另一个主体——树。

对于图像中的这棵树，学界倾向认为是整个堕落世界的缩影。格兰特认为在这幅图中："它象征着深夜的丛莽，是布莱克世界中……最低的限度，在此处动能受到囚禁，在相互冲突的过程中得到驱散。"② 如此看来，这只老虎的确还是处在堕落的经验世界中。我们不禁又要问，如若老虎通过与树的对应性象征从而处在经验的世界中，那么为何这只老虎没有表现出愤怒、发光等经验世界的特征，反而显现出一副呆滞的模样呢？

格兰特认为，对于这个问题的解答关键在于，我们要将诗歌中的最后一句话和图像中的老虎相对应来看。诗歌中的"dare"一词刚好出现在老虎呆滞的面前，"frame"一词则刚好出现在老虎的头脑上方。除此之外，除去画面中的显见的图像因素之外，这句诗句中的几个字母"y"也经过了具体的处理，随后出现的单词中一共出现了三个字母"y"（thy，symmetry），其中，第一"y"的拖长部分刚好指向老虎的头部，中间的"fearful"一词刚好位于老虎的心脏部位，而第二个"y"

---

① David V. Erdman, *Blake: Prophet Against Empire*, Princeton University Press, 1954, pp. 179 - 180.
② John E. Grant, "The Art and Argument of 'The Tyger'", *Texas Studies in Literature and Language*, Vol. 2, No. 1, 1960, p. 58.

· 135 ·

指向老虎的心脏部位。① 除此之外，我们可以补充最后一个"y"，这个"y"从造型上来看和第一个"y"相似，两者仿佛构成了一个括号，将"fearful symmetry"括在当中（见图 5-7）。

图 5-7　威廉·布莱克：《天真与经验之歌》，1821 年，版本 V，雕版：42，纽约：摩根图书馆和博物馆（局部放大）

按照这一解读我们明显可以发现，这只图像中的老虎已经处在"完成"的状态当中，显然布莱克在此展现出文字文本和图像文本共同作用的结果。从"frame"到最后的"symmetry"，字母和单词对应图像的位置，动态地还原了老虎整个塑造的过程。如若说这只老虎果真表现出呆滞的一面，那么也是因为文字文本当中激烈的塑造场面已经内化在了图像的内部。其次，由"dare"对应老虎的前脸，再加上老虎迈开的四肢动作来看，这只老虎此刻的表情（无论微笑还是惊恐）流露出一只处在堕落世界中的动物，即将走向拯救的关键时刻，而这一幕也是对文字文本中最后一诗节的反应。而这一特殊的时刻又以图像中出现的一只不起眼的飞鸟，表现出耐人寻味的特征（见图 5-8）。

这只鸟出现在题目左下方。布莱克曾在《婚姻》中第一个"难忘的幻觉"里这样写道："你怎么认知呢，若不是每只穿过大气的小鸟都

---

① John E. Grant, "The Art and Argument of 'The Tyger'", *Texas Studies in Literature and Language*, Vol. 2, No. 1, 1960, p. 58.

第五章 文字、图像与"灵视"显现

图 5-8 威廉·布莱克:《天真与经验之歌》,1821 年,版本 V,雕版:42,纽约:摩根图书馆和博物馆(局部放大)

是一个欢乐的浩渺世界,被你的五官所拥抱",继而在接下来的"地狱箴言"部分,布莱克接着阐述说:"当你看鹰时,你就在看天才的一部分:抬起头来。"① 由此可见,布莱克从飞鸟姿态的显现以及观察者认知这两个角度出发,阐明了飞鸟的具体内涵,它以飞翔的姿态象征着五官被打开后才能显示出的永恒世界,而作为堕落世界的生物,只有抬起来头来观看这只鸟,才能突破自己被拘囿的境地,具备回归永恒世界的可能。但我们在图 5-8 中发现,这只飞翔在天空中,甚至有些不起眼的飞鸟,仍旧离老虎有些距离,这从另外一个侧面说明,这只老虎依旧处在堕落的经验世界当中,飞鸟的出现和老虎的姿态组合在一起,强化了文字文本中最后一节揭露出来的内涵。另外,这个飞鸟的图像和文字造型本身同时也构成了一个局部的"细微剖析"。我们可以发现,字母"y"在题目中的"tyger"一词中同样得到了夸张的表现,这些字母"y"除了具有指向的功能(图 5-7)之外,它们还和图像中树枝的树杈一样,体现出了分割的功能,如此一来,正如格兰特所发现的那样,题目中的"Tyger"就可以解读成"tie/ger"②,它显示出一个被"绑定"(tie)的老虎内涵,而这只由特殊文字重新组成的老虎,又和前方那只飞翔的鸟一起,构成了一个微妙的图景,它和图像最下方的整个场景(图 5-7 和图 5-8),一上一下,在文字和图像的表现功能上构成

---

① [美]威廉·布莱克:《天堂与地狱的婚姻——布莱克诗选》,张德明译,中国文联出版社 1989 年版,第 15—16 页。

② John E. Grant, "The Art and Argument of 'The Tyger'", *Texas Studies in Literature and Language*, Vol. 2, No. 1, (Spring 1960), p. 59.

了"可怖的匀称"。

至此，我们通过分析可以发现，在《老虎》一诗当中，布莱克通过文字文本和图像文本的互文作用（远非图像弥补文本展示，抑或文本拓展图像的传统插图模式），向我们展示了一系列对立的元素，其中，愤怒的投射/感官的封闭、堕落的存在/拯救的等待，构成了老虎自身身上的对立面展现，而"堕落状态的给予"和"拯救机会的馈赠"这一组对立面，则体现出了造物主自身的对立面，最后，造物主和创造物（老虎）之间，创造老虎的可怕和老虎堕落状态的可怕表现，又形成了不可分割的总对立面，这些元素加在一起，通过文字文本和图像文本的对立展现，共同构成了"可怖的匀称"。可以说，整首诗歌的内涵就涵盖在这个关键的表达之中。笔者认为，这个"可怖的匀称"就是布莱克"灵视世界"的折射。

布莱克对"灵视"这一概念的描述散见于他的书信集当中，灵视一共有四重境界。他在书信集中指出："现在我看见一个四重的景象，它将四重性注入我至上的欢愉，三重景象藏于温柔的布勒之夜，还有那双重景象永世相伴。愿上帝帮我们脱离单一景象，好让牛顿沉睡……"[①] 这里所言的四重景象是一个逐渐递进，逐渐飞升的序列。布莱克在《耶路撒冷》中认为单一景象是被肉眼歪曲的景观，它受理性、时空等因素的限制，是对真正景象的歪曲表现。可见这里所说的景象仅仅是肉眼所见的一个现象，而非本质的洞察。从布莱克对于想象力的理解来看，在这个阶段中，想象力根本无须发挥作用，因为想象力与真正的灵视相联系，而单一的景象通过寓意（allegory）就可以获得，因为"寓意和想象应该作为两种不同事物来理解"[②]，而寓意显然与记忆相联系。

回到《老虎》一诗当中，我们看到，全诗一开始就通过重复"Ty-

---

① 本章当中涉及布莱克的书信，均选自 David V. Erdman, ed., with Commentary by Harold Bloom. Rev. edn., *The Complete Poetry and Prose of William Blake*, University of California Press, 1988, pp. 720 – 725。而对于布莱克灵视的系统论述，本书还参考了国内学者袁宪军的论述，详细可参见袁宪军《威廉·布莱克的灵视世界》，《国外文学》1998 年第 1 期。

② David V. Erdman, ed., with Commentary by Harold Bloom. Rev. edn., *The Complete Poetry and Prose of William Blake*, University of California Press, 1988, p. 563.

第五章 文字、图像与"灵视"显现

ger"这个单词，突出了老虎这一形象。多数批评在论及这一点时，都倾向于扬抑格的音响效果，能够首先让读者在头脑中回忆或者联想起老虎这个动物的形象。而这一点虽然不能说是错误的，但至少在布莱克看来只是单纯的一个景象，是最最普通的一个灵视。如若仅仅停留在对比诗歌意象中的老虎和头脑中对于老虎的记忆这一步，显然无法呈现出这只老虎的本质内涵，这个效果仅仅只是通往四重灵视中的第一步，仅仅是由感官引领着出现的对有生命的世俗之物的感知。

至于双重灵视，布莱克认为由内外两个部分组成，他在信中打过一个比方："我眼所见双重景象／一番双重景象与我永伴／我的内眼看见一个灰发老叟／外眼看见路边的蓟草。"[1] 从这番描述当中，我们可以发现，所谓外眼看到的，仅仅是蓟草这一自然界毫不起眼的生物，而在布莱克这样的艺术家眼中，就成了一个具体的人物——老叟。这不仅仅是前文所说的"人形自然"的体现，关键还在于，从蓟草到老叟的转变，暴露出一对横在外眼和内眼之间的矛盾：通过外眼所见的自然界既是从一重景象转换到二重景象的重要媒介，同时它也是阻碍内眼打开二重景象的障碍。

在读者经历了通过回忆记忆中的老虎这一过程之后，"燃烧在那深夜的丛莽"之中的老虎立刻出现在诗歌当中，从而打破了人们记忆中老虎的一般形态，因为仅凭我们对自然界老虎的认识，我们都知道一只老虎无论如何都不可能燃烧在丛莽之中。遵循诗歌的内在逻辑，读者迅速可以感知到，这是一只只能存活在诗意逻辑中的老虎。继而通过诗意的象征解读，读者的想象力被调动起来了。由于想象力的存在，人们才能打破依靠记忆这一理性的联想，从而感知到另一番景象，同时，这个新生的老虎形象也只能存活在想象世界之中，并且这只在想象当中存活的老虎，在布莱克眼中才是真实的老虎，而并非对自然界老虎的模仿。这样一来外眼和内眼之间的矛盾，由于内含想象力的元素，所以先前文字文本分析中，眼和手之间的对立关系就有了更深一层的内涵。"眼"

---

[1] David V. Erdman, ed., with Commentary by Harold Bloom. Rev. edn., *The Complete Poetry and Prose of William Blake*, University of California Press, 1988, p. 563.

意味着依靠想象力所见的二重景象，"手"则相应地创造了这个堕落世界，并且只能看到堕落世界中的万物的一重景象。这两重景象围绕在想象力的周围，构成了灵视世界中"可怖的匀称"。

在双重的景象当中，老虎开始了自己的躯体（心脏和头脑）的构造，有关躯体和灵视之间的关系，学者罗斯认为"单一视像只能看见抽象的骨架，看见'非肉身'的人体；二重景象可以看见生殖（Generation）的自然身体，'一具肉身之躯，包裹着血与肉，遍布血管和神经'"①。显然，抽象的骨架就是人们头脑中自然界的老虎，看见血与肉，血管和神经则对应着想象力打开的二重景象。但是我们发现，诗歌在描绘整个老虎的塑造过程时，用的是一种疑问的口气，并且在这种疑问的口气中，布莱克明显想要人们关注到老虎之所以能成为现在这番堕落景象的原因，这样一来，整个塑造过程并不只是在展示罗斯所说的二重景象，而是兼带着将灵视向前推进了一步，也就是说，通过这个过程，老虎进入了三重景象当中。

三重景象的构成颇为复杂，布莱克在述说这一景象时语焉不详，只是说它存在于"布勒之夜"（Beulah's night）之中。"布勒"这个词并非布莱克的原创，在《圣经》、班杨的《天路历程》里都有提及。在《圣经》中这是耶和华给予巴勒斯坦的别名（可参见《以赛亚书》第62章第4节），而在《天路历程》里，班扬用它来指代"地上的天堂"。两者指的都是一处祝福之地。

但经过布莱克自己发展的"布勒"，有着其特殊的意义。国内学者袁宪军曾在论文中通过追述布莱克的神话起源，为布莱克的"布勒"提供了一个准确的定位，他指出："随着创世的发生，'宇宙人'被分裂为四种形式，最高级的形式称为乌尔瑟那，是人自然保留在伊甸乐园的未堕落的形式，也就是想象力。而在另外三种低级形式中，其一是'布勒'，即一种悠然自得的'天真'状态，像牧歌里的田园，到处是欢

---

① Ronald Schilefer, "Smile, Metaphor, and Vision: Blake's Narration of Prophecy in America", *Studies in English Literature*, 1500–1900, Vol. 19, No. 4, *Nineteenth Century*, 1979, p.571.

乐融和的气氛，没有斗争和矛盾。"① 的确，布勒是宇宙人堕落以后分裂出来的形式之一，但认定在这个形式里没有斗争和矛盾恐怕还需斟酌。布莱克在《弥尔顿》和《耶路撒冷》当中均指出，在"布勒"中，所有的矛盾不仅存在，而且都是平等、正确的。② 继而，从宇宙人分裂的角度来看，布勒处在两个形式之间，向上是永恒之境，向下还有乌尔罗（Ulro），而布勒的创造者是羔羊，它建造这个维度是为了把这里当成一座"避难所，用来抵抗永恒世界当中强大的理念之战，处在此地的牲畜们各个耗尽了自己，而处在睡眠当中"③。而至于对立面，它们是存在的，只不过不会通过斗争的形式来侵扰这些动物的睡眠。由此来看，布勒所展现的是一幅天真的景象，但在这个天真的景象当中并不排除对立面的存在，也就是说它并不排除自身带有对立面的生物进入这一层景象当中。笔者更倾向于认为，参照布莱克一贯的诗学主张，这些对立面，或者称为"可怖的匀称"的状态，它和堕落世界的自然一样，既是进入"布勒"三重景象的障碍，也是一个必要的媒介。

很明显，对于我们所探讨的老虎而言，前文已经说过，它并不属于这个布勒的世界，而是应当归属于乌尔罗的境地。而乌尔罗则是在布勒的下方，属于一个物质世界，并且"各种景象和梦境，从布勒降落到了乌尔罗之地"④。由此可见，从三重灵视的角度来看，处在乌尔罗之地的生物，正是以物质的形态承接着布勒世界里的天真状态。从这个角度来看，诗歌当中老虎塑造头脑的过程，从眼和手这样的肉体感官，过渡到铁链、铁锤等冰冷的机械工具，整个过程就好似一个穿过三重景象，从布勒到达乌尔罗之地的过程。在这个过程中，通过文字文本，读者通过想象力的作用，才能感受到老虎从有机构成到冰冷物质世界的转

---

① 袁宪军：《威廉·布莱克的灵视世界》，《国外文学》1998 年第 1 期。
② 可参见布莱克《弥尔顿》中第 30 章的第 1 节，以及《耶路撒冷》第 48 章第 14 行，另外，布莱克研究者达蒙在著作中也提起过这个特征，亦可见 S. Foster Damon, *A Blake Dictionary: The Ideas and Symbols of William Blake*, E. P. Dutton & Co., INC, p. 43。
③ S. Foster Damon, *A Blake Dictionary: The Ideas and Symbols of William Blake*, E. P. Dutton & Co., INC, p. 43.
④ Ibid..

变，而图像当中高悬在空中的飞鸟，似乎就成了浮在老虎上空的一个梦境，这是老虎在布勒之境失落的梦境和灵视的残片。

我们可以看到，《老虎》这首诗歌中，读者只有不断地发挥自己的想象力，才能从记忆中的老虎出发，看见堕落的老虎，再到老虎身上遗存的布勒之梦，整个过程经历了三重灵视。文字文本用疑问的口气构成了全诗向前推进的动能，它并不是一股否定的力量，用来质疑老虎的创造过程，而是一种召唤，通过这种召唤打开读者的想象力，构建出了一重和二重灵视，而图像文本则通过一系列较为隐喻性质的图像构成，侧重表现塑造完成形态的老虎，进而帮助读者进一步打开了三重灵视。文字文本和图像文本一起，共同体现了想象力的构成，只有此时，老虎才开始迈开双脚，准备向永恒之境，向布莱克所说的最高境界的灵视，代表创造力和想象力本身的四重景象迈进。

我们可以说，只有在灵视和想象力的范围之内，这只老虎才真正完成。文字文本和图像文本，并非依赖其中一方作为母本来体现增补性的艺术表达，而是一种布莱克式的对立存在，在这种对立状态中，文字文本中的问题不是用来作答的，而仅仅是一个修辞，而图像文本中呈现出的那只迥异的老虎，也仅仅是一个隐喻，文字文本和图像文本通过此类方式共同作用，动态地展现了布莱克自身象征体系中老虎的演变，继而揭示了灵视的内涵。

结　语

　　从布莱克的整体创作来看，文字文本（诗歌）和图像文本（绘画）既是他构建独特"灵视世界"的起点，也具有独特的诗学价值。通过全文分析，我们不难发现这种独特的诗学价值就体现在布莱克对想象力的构建和表达之中。

　　我们可以发现，布莱克与其他浪漫主义诗人相比，最大的不同在于他的诗学系统中的视觉倾向。无疑，从文学史和文学创作的启示意义上来看，浪漫主义诗人都可以称为"先知"。柯勒律治、华兹华斯等人注重的是以歌谣、民间歌曲为主的听觉系统表达，试图通过类似伯克所说的"晦暗"特质，在怀旧、怀乡等"过去式"的崇高体验中达到"情感的真实"，从而为人们构建出理想中的诗学图景。而布莱克的"先知"则是一个共识的视觉体验者，他不限于时间和空间上的线性联系，而是通过对永恒的细微剖析，激发出"想象的真实"。

　　"想象"之所以对于布莱克是"真实"的，首先因为它有明确的针对对象。当人们处于理性的审视下，对天堂与地狱作善恶之辨，就会在面对《婚姻》复杂难辨的文类之时，陷入理性所带来的表述与阐述的困境之中。在布莱克看来，天堂与地狱的真正区别体现在"肉体"和"灵魂"的分离境遇中，这两个因素使得想象力不仅仅是一种创作构思，而且是和人密切相关的行动力，甚至可以说，正是通过对想象力中"肉体"和"精神"的二元认识，布莱克的想象力成了人本身，而整部《婚姻》就成了想象力与理性之间的反讽剧。

除此之外，如若说浪漫主义的核心诗学体现在"灯"的功能上，那么相比于其他浪漫主义者天马行空式的"想象力"，布莱克的"想象力"是具体可感的，也就是说他心中的这盏灯更具形象化和人格化的特征。他通过文字文本、图像文本将想象力统一在灵视的维度中表达，不仅将想象变成了和人息息相关的元素，使传递理性的传统方式都失去了功效，而且在《婚姻》中通过"激化"表述的局限，建立起一种"对立面"的诗学表达，从而也刺激了读者想象力的生成。从另一个方面来说，布莱克也许会同意莱辛有关诗画是一对姐妹的看法，但这仅仅意味着莱辛在比喻的意义上用了"姐妹"这一人格化的隐喻。而当这对姐妹共同以表现"自然"的辅助姿态出现在艺术表现世界中时，布莱克也许就会和莱辛分道扬镳。莱辛对诗画功能的叙述使得两者统一在"自然"的模板之中，因此诗画的功能尽管可能有表现功能上的强弱，却完全可以以"互补"的模式，通过表现形式上的"加减法"嵌入整个模板当中，从而为自然添光增色。而布莱克的文字和图像的作用模式更接近"乘除法"，两者仿佛两块失落的信物，不再为模拟某个具体的整体而分离，而是为了产生增殖意义而有机地组合在一起。在这种结合方式当中，想象力起到了关键的作用。在布莱克看来，丧失想象力的人只能看到诗歌中的时间和绘画中的空间，而在想象力的作用下，文字和图像不囿于传统的姐妹艺术之中，而成了"男性"和"女性"。在这种人格化的象征背后，布莱克传递出两种重要的诗学思想：第一，想象力是一种有机形式。它不是虚无缥缈，甚至是神秘莫测的抽象之物，这是他反理性的深刻表达，因为在他看来，理性是抽象的，是无法具体捕捉到的虚无之物，而通过将想象力转换成人格化的化身，它就赋予了人"人形的神圣"。第二，想象力不再是对现实的补充，而是具体的创造。我们知道，在布莱克这里"肉体"和"灵魂"之间的分离，就是需要用文字和图像的结合来具体打破的对象。而耐人寻味的是，《婚姻》当中的"地狱酸蚀法"，表面看来是布莱克诗画创作过程的诗意表达，但实际上是"创作冲动—理性—想象力—激情—结构"这一过程的隐喻，并且这个隐喻又是由诗画变为男女两性的潜在隐喻所传递出来的。因此，布莱克的诗画不再是模仿自然的工具，而是催生创造力的结合。

最终，"想象的真实"还体现在通过文字和图像所创创造的"灵视"世界也是真实的。我们可以发现，布莱克的"灵视世界"不是一个已经构建完成的目的地，而是一个包含不同阶段的动态转变过程，而这个转变过程就存在于我们对全文的分析当中。当我们用理性的思维，对天堂与地狱做善恶判断时，我们只不过处在一重"灵视世界"里用一重灵视看这个世界，而当我们将天堂与地狱之别进一步解读成肉体和灵魂之间的分离之时，我们则通过将想象力幻化成具体的人，从而进入了布莱克所说的二重"灵视世界"之中。继而，当我们深入剖析布莱克诗歌和绘画中的象征，通过发掘他的作品与前人作品的互文性，以及文字文本和文字文本之间表述功能的转变时，我们就进入了三重的"灵视世界"当中。这种由文字文本和图像文本共同传递出的想象力，经由读者自身想象力的融合，最终达到了布莱克的四重"灵视世界"。

那么，这样的分析对我们来说有什么研究价值，又对我们当下的生活有着怎样的启迪呢？

首先，从布莱克自身的创作来看，自兰贝斯时期之后，布莱克的作品开始呈现一个更为丰满的世界，在后期的三大作品《弥尔顿》、《耶路撒冷》和《四天神》中，布莱克打破了在兰贝斯时期诗画相对统一的艺术特征。后期诗歌中，插图书以更为夸张的形式呈现出来，常常是一整幅图而不配任何文字，语言也更为晦涩，但不带任何插图的形式进行表达，这往往让人在解读他的诗作时产生望而却步的心态。但如若参照他在兰贝斯时期所建立的一整套表现模式，我们就可以发现这些神秘的图像、晦涩的文字已经各自得到了更为成熟的表现，甚至可以毫不夸张地说，在布莱克的作品中诗歌和绘画越难找到可对应的阐释点，他的诗学思想就越容易捕捉到。

其次，布莱克通过将文字文本和图像文本统一在一起的方式同样值得我们的关注。诚然，这种被他称为"地狱酸蚀法"的特殊雕版技艺是一种加工程序，但是我们也需观察到它同样也是意义的载体。可以说是"道"和"技"的一种实验性结合。在这种结合方式背后，布莱克传递出对工具理性的直接性反抗，也通过将写作、配图、雕版、印刷这一整套生产工艺集中在自己的雕版技艺当中，打破了资本主义的分工模式，从而体现出布莱克反对压制、崇尚创作自由的思想，并且这种生产模式最大限度地保留了后世本雅明所说的艺术作品的"灵氛"，继而打破了机械复制所带来的平庸和麻木，这一点对后世的艺术家有着直接的启迪意义。比如，先拉斐尔派的诗人和画家，以及19世纪的威廉·莫里斯都一脉相承地继承了布莱克的创作方式，他们都以手工业者的身份，通过亲手制作艺术作品代替了机器大生产。我们可以毫不夸张地说，只要有机械工业生产带来的理性钳制，布莱克这种以"艺术"对抗压迫的信念就会带来极大的启迪意义。

再次，布莱克通过对一重灵视到四重灵视的不同区分，将想象力这一诗学核心构成放入其中作具体揭示，深刻地察觉到运用单个媒介（无论是绘画还是文字）是无法摆脱理性的束缚的，只有将这两个古老的艺术表达模式嵌入对立面之中，我们才能运用想象力冲破时空表现的阻隔，从而在人形的神圣中达到自我想象力的释放，可以说想象力既构成了诗画关系的核心展现平台，又成了诗画表达背后的主要能量来源。而当历史在螺旋形的发展轨迹中，不可避免地一次次重新回到审视"理性"所带来的负面影响时，布莱克的灵视世界就会一次次地折射出启示的光亮。20世纪中叶的美国，随着西方传统理性价值观在各个领域的崩塌，二战以后的美国青年急于在其他价值体系中找到新的寄托。布莱克建立在非理性基础上的神话体系，以及对"灵视"想象世界的揭示使得他们找到了用诗学启迪弥补心灵崩塌的力量。其中，垮掉一代著名诗人艾伦·金斯堡可谓他们之中的典型。金斯堡通过对布莱克作品的细读与模仿后发现："布莱克的书对于我们当前遇到的问题同样是有用的，一定程度上与美国20世纪60年代的革命狂热以及伴随而来的所谓'理想的破灭'有关。所以布莱克紧跟着现代人心理当中热情与自怜、同情与愤怒之间的矛盾，这些贯穿于他的所有作品之中，并呈现在

结 语

他的年代当中，我们这个时代也一样。"① 我们可以看出，金斯堡发现的这一特性具有普遍性，其背后抵抗某类固定、机械、禁锢的思想力量不仅能丰富文学创作，其中由诗所迸发出的想象力，更是以一种关怀世界本身的姿态，对作家介入公共生活产生了巨大的启迪意义。

最后，这个灵视的世界不仅是布莱克自身的创建，也属于我们每一个处在理性的束缚下的个体。身处 21 世纪的我们，通过观看布莱克的诗画对立关系，得以释放自身的想象力，从而抵达诗歌和绘画所引渡的审美彼岸。我们可以发现，布莱克对诗画功能的关注从来没有脱离过人自身。在他眼中，自然、动物，甚至整个世界都以人的形态出现。在他的世界中，人之所以有返回永恒世界的可能，恰恰在于人身上具有造物主所赐予的想象力。当我们在他的诗歌和绘画中寻找差异时，我们的想象之眼其实是遮蔽的，因为这无异于在堕落的世界里寻找已丧失的物质碎片，但当我们在看他的图像和文本时，只有不放过任何一个独立表达单元里的构成（诗歌中的时态、韵律、修辞，绘画中的构图、造型、色彩、光影等），并且将这一切综合在一起观察时，我们才能打开二重的灵视世界，从而在一粒沙中看到天堂，在一朵花中看到一个世界。继而，当我们作为读者能够发现这些独特的表达呈现出一种类似电影的蒙太奇动态效果时，我们会惊讶地发现，布莱克建立了一种全新的语言，借助这种语言作为艺术家的布莱克和作为读者的我们得以连接在一起，共同在"布勒"（Beulah）之夜中走向最终的永恒世界。由此可见，布莱克所要通过诗画共同作用所激发出的想象力，既是一种诗学观念的渗透，也是读者自身克服理性束缚的救赎之道。

当下，当形形色色的图像占据着我们周围的世界，带领我们一起步入了所谓的"读图时代"，我们却可以明显感觉到面对视觉图像时所频发的焦虑感。在这个"图像转向"的时代里，米切尔等人认为我们与其焦虑其中，不如沉浸其中转而挖掘图像的意义，以便克服自身由于意义丧失所带来的紧迫感。而相比米切尔等人努力向图像靠拢，以詹明信

---

① Allen Ginsberg, *Deliberate Prose: Selected Essays, 1952 - 1995*, New York: Happer Collins, 2000, p. 279.

（Fredric Jameson）为代表的一些文学学者却敏锐地发现，我们除去焦虑之外，更多的是在享受。詹明信认为，图像的大规模生产，尤其是出现在电子设备中加速呈现的图像，在我们身边构成了一股股"流"："在一种总体流的情境中，屏幕的内容在我们的面前整日地流动而没有丝毫的阻断……这样，那曾经被称作'批判距离'的东西看起来已经变得退化。"① 批判距离的退化意味着我们在图像的冲击下，打乱了我们对历史时空的纵深感知，从而只能享乐于当下还未建构完成的平面之中。除此之外，我们还应看到，表面上这一切是视觉图像洪流所造成的，但在这种现象背后，恰恰是我们自身对想象力的放弃，造就了我们对这股潮流流于表面的狂欢。或许，无论是面对浩瀚的图像转而沉浸其中的策略，还是想象力丢失后造成的时空混乱局面，布莱克早在几个世纪前已经意料到，当今世界呈现出的这番景象无异于他神话系统中沉睡的巨人，而巨人的沉睡意味着感官的封闭，当我们将所有其他的感官封闭，只留下眼睛来看这个世界，并企图通过研究视觉图像来发现某些意义时，我们无异于那个蜷缩在墓碑前的由理生，以单一而平面的方式来观看整个世界。归根结底，我们面对图像之所以会焦虑，是因为视觉带来的冲击使我们失去了想象力，而这种单向度的认识逻辑，其实就是以整体而单一的观念扼杀了意义的多元性。

而在想象力丧失的背后，人性在布莱克看来分裂成了四个组成部分：人性（Humanity）、流溢（Emanation）、阴影（Shadow）和幽灵（Spectre）。其中，人性对应上帝的形象，流溢就是人的想象，阴影是人受挫的欲望，而幽灵则是理性。我们可以发现，布莱克之所以如此关注人和世界、宗教以及自然的关系，并通过诗画统一的方式来传递这一认识，恰恰是因为他想要在自身的诗学构建中通过将人的神性、想象力、欲望和理性问题统一在"灵视"的维度中进行审视，从而打破任何一种可能僭越全体功能的单一表达。

或许，当我们在审视任何文字和图像文本时，不再关注它写或者画

---

① [美]詹明信：《后现代主义与文化理论》，唐小兵译，北京大学出版社1997年版，第222页。

出了什么，而像解读布莱克的诗画时一样，努力去发现它所没有表现出的意义时，我们才能通过改变观看世界的方式，保留住想象力，并且幸福地生活在灵视世界的产生过程中，从而不会在面对任何一种媒介的爆炸时，化身成为一具冰冷的石头。

参考文献

一 英文部分

A. Primary Sources

Blake, William, *William Blake's Writings*, G. E. Bentley Jr ed., Oxford: Clarendon Press, 1977.

Blake, William, *The Complete Poetry and Prose of William Blake.* David V. Erdman, ed. with Commentary by Harold Bloom, Berkeley and Los Angeles: University of California Press, 1988.

Blake, William, *Blake's Poetry and Designs*, Mary Lynn Johnson and John E. Grant, ed. New York: Norton, 1979.

Blake, William, *Blake: Complete Writings with Variant Readings*, Geoffrey Keynes, ed., Oxford: Oxford University Press, 1979.

Blake, William, *The letters of William Blake*, Geoffrey Keynes, ed. London: Rupert Hart-Davis, 1956.

B. Secondary Sources

Baine, Rodney M. and Baine, Mary R., "Blake's Other Tigers, and 'The Tyger'", *Studies in English Literature*, 1500 – 1900, Vol. 15, No. 4, Nineteenth Century (Autumn, 1975).

Bentley Jr, G. E., *Blake Records.* Oxford: Clarendon Press, 1969.

Bentley Jr, G. E. , *The Stranger from Paradise: A Biography of William Blake*, New Heaven: Yale University Press, 2004.

Bindman, David. *Blake as an Artist*, New York: Dutton Press, 1977.

Damrosch Jr, Leopold, *Symbol and Truth in Blake's Myth*, Princeton: Princeton University Press, 1980.

De Luca, Vincent Arthur. , *Words of Eternity: Blake and the Poetics of the Sublime*, Princeton: Princeton University Press, 1991.

Eaves, Morris, *William Blake's Theory of Art*, Princeton: Princeton University Press, 1982.

Erdman, David V. , *Blake: Prophet against Empire: A Poet's Interpretation of the History of His Own Times*, New York: Dover Press, 1991.

Erdman, David V. , *The Illuminated Blake: All of William Blake's Illuminated Works with a Plate-by-Plate Commentary*, New York: Dover Press, 1992.

Erdman, David V. and John E. Grant, eds. , *Blake's Visionary Forms Dramatic*. Princeton: Princeton University Press, 1970.

Essick, Robert N. , *William Blake, Printmaker*, Princeton: Princeton University Press, 1980.

Ferber, Michael, *The Social Vision of William Blake*, Princeton: Princeton University Press, 1985.

Ferber, Michael, *The Poetry of William Blake*, London: Penguin; New York: Viking, 1991.

Frye, Northrop, *Fearful Symmetry: A Study of William Blake*. Princeton: Princeton University Press, 1947.

Gilchrist, Alexander, *The Life of William Blake, Pictor Ignotus*, New York: Dover Press, 1998.

Heppner, Christopher. *Reading Blake's Designs*, Cambridge: Cambridge University Press, 1995.

Keynes, Geoffrey, *The Letters of William Blake*, London: Rupert Hart-Davis,

1956.

Mitchell, W. J. T., *Blake's Composite Art*, Princeton: Princeton University Press, 1978.

Tannenbaum, Leslie, *Biblical Tradition in Blake's Early Prophecies: The Great Code of Art*, Princeton: Princeton University Press, 1982.

Thompson, E. P. *Witness Against the Beast: William Blake and the Moral Law*, Cambridge: Cambridge University Press; New York: New Press, 1993.

Viscomi, Joseph, *Blake and the Idea of the Book*, Princeton: Princeton University Press, 1993.

Warner, Janet, *Blake and the Language of Art*, Kingston and Montreal: McGill-Queen's University Press, 1984.

C. Journals

Blunt, Anthony, "Blake's Pictorial Imagination", *Journal of the Warburg and Courtauld Institutes*, Vol. 6 (1943).

Bender, John and Mellor, Anne, "Liberating the Sister Arts: The Revolution of Blake's 'Infant Sorrow'", *ELH*, Vol. 50, No. 2 (Summer, 1983).

Butlin, Martin, "The Physicality of William Blake: The Large Color Prints of '1795'", *Huntington Library Quarterly*, Vol. 52, No. 1 (Winter, 1989).

Eaves, Morris, "On Blake's We Want and Blake's We Don't", *Huntington Library Quarterly*, Vol. 58, No. 3/4, (1995).

Frye, Northrop, "Poetry and Design in William Blake", *The Journal of Aesthetics and Art Criticism*, Vol. 10, No. 1 (Sep., 1951).

Gigante, Denise, "Blake's Living Form", *Nineteenth-Century Literature*, Vol. 63, No. 4 (March, 2009).

Grant, John E., "The Art and Argument of 'The Tyger'", *Texas Studies in Literature and Language*, Vol. 2, No. 1 (Spring. 1960).

J. Rose, Edward, "Blake's Human Root: Symbol, Myth, and Design", *Studies in English Literature, 1500 – 1900, Vol. 20, No. 4, Nineteenth Century (Autumn, 1980).

J. Rose, Edward, "Blake's Human Insect: Symbol, Theory, and Design", Texas Studies in Literature and Language, Vol. 10, No. 2 (Summer, 1968).

J. Rose, Edward, "'Mental Forms Creating': 'Fourfold Vision' and the Poet as Prophet in Blake's Designs and Verse", The Journal of Aesthetics and Art Criticism, Vol. 23, No. 2 (Winter, 1964).

J. Rose, Edward, "The Spirit of The Bounding Line: Blake's Los", Criticism, Vol. 13, No. 1 (Winter, 1971).

J. Rose, Edward, "The Gate of Los: Vision and Symbol in Blake", Texas Studies in Literature and Language, Vol. 20, No. 1, (Spring, 1978).

J. Rose, Edward, "Visionary Forms Dramatic: Grammatical and Iconographical Movement in Blake's Verse and Designs", Criticism, Vol. 8, No. 2 (Spring, 1966).

Kaplan, Fred, "'The Tyger' and Its Maker: Blake's Vision of Art and the Artist", Studies in English Literature, 1500 – 1900, Vol. 7, No. 4, Nineteenth Century (Autumn, 1967).

La Farge, John, "The Art of William Blake and a Recent Book", The Burlington Magazine for Connoisseurs, Vol. 12, No. 60 (Mar., 1908).

Lindsay, David W., "The Order of Blake's Large Color Prints", Huntington Library Quarterly, Vol. 52, No. 1 (Winter, 1989).

Miller, Dan, "Contrary Revelation: 'The Marriage of Heaven and Hell'", Studies in Romanticism, Vol. 24, No. 4 (Winter, 1985).

Miner, Paul, "'The Tyger': Genesis &Evolution in the Poetry of William Blake", Criticism, Vol. 4, No. 1 (Winter, 1962).

Mitchell, W. J. T., "What Is an Image?", New Literary History, Vol. 15, No. 3, (Spring, 1984).

Mitchell, W. J. T., "What Do Pictures 'Really' Want?", October, Vol. 77

（Summer, 1996）.

Melland, Charles H. and Elliot-Blake, H., "William Blake's Drawings", *The British Medical Journal*, Vol. 2, No. 2543 (Sep., 25, 1909).

Nurmi, Martin K., "Blake's Revisions of the Tyger", PMLA, Vol. 71 (Sep., 1956).

Seymour, Jr. Charles, "Blake's Esthetic and His Century", *Parnassus*, Vol. 11, No. 2 (Feb., 1939).

Warner, Nicholas O., "The Iconic Mode of William Blake", *Rocky Mountain Review of Language and Literature*, Vol. 36, No. 4 (1982).

二　中文部分

A. 作品集

［英］威廉·布莱克：《布莱克诗集》，张炽恒译，上海三联书店1999年版。

［英］威廉·布莱克：《天真与经验之歌》，杨苡译，译林出版社2012年版。

［英］威廉·布莱克：《天堂与地狱的婚姻——布莱克诗选》，张德明译，中国文联出版社1989年版。

B. 研究专著

［美］M. H. 艾布拉姆斯：《镜与灯：浪漫主义文论及批评传统》，郦稚牛译，北京大学出版社2004年版。

［美］本尼迪克特·安德森：《想象的共同体：民族主义的起源与散布》，吴叡人译，上海世纪出版集团2005年版。

［英］玛里琳·巴特勒：《浪漫派，叛逆者及反动派：1760—1830年间的英国文学及其背景》，黄梅、陆建德译，辽宁教育出版社1998年版。

［英］马尔科姆·巴纳德：《理解视觉文化的方法》，常宁生译，商务印书馆2013年版。

［英］以赛亚·柏林：《浪漫主义时代的政治观念》，王岽兴、张蓉译，

新星出版社 2011 年版。

[英] 以赛亚·柏林：《启蒙的时代》，孙尚杨、杨深译，译林出版社 2012 年版。

[英] 以赛亚·柏林：《浪漫主义的根源》，吕梁、洪丽娟、孙易译，译林出版社 2012 年版。

[美] 哈罗德·布鲁姆：《西方正典》，江宁康译，译林出版社 2005 年版。

[美] 哈罗德·布鲁姆：《影响的焦虑》，徐文博译，江苏教育出版社 2006 年版。

[加] 诺斯罗普·弗莱：《批评的解剖》，陈慧等译，百花文艺出版社 2006 年版。

[加] 诺斯罗普·弗莱：《现代百年》，盛宁译，辽宁教育出版社 1998 年版。

[加] 诺斯罗普·弗莱：《批评之路》，王逢振等译，北京大学出版社 1998 年版。

[英] E. H. 贡布里希：《艺术与错觉：图像再现的心理学研究》，范景中等译，广西美术出版社 2012 年版。

[德] 莱辛：《拉奥孔》，朱光潜译，人民文学出版社 1997 年版。

[美] M. J. T. 米歇尔：《图像理论》，陈永国等译，北京大学出版社 2006 年版。

[美] M. J. T. 米歇尔：《图像学：形象、文本，意识形态》，陈永国译，北京大学出版社 2012 年版。

[美] 理查德·桑内特：《肉体与石头：西方文明中的身体与城市》，黄煜文译，上海译文出版社 2006 年版。

[美] 欧文·潘诺夫斯基：《图像学研究：文艺复兴时期艺术的人文主题》，戚印平、范景中译，上海三联书店 2011 年版。

C. 期刊论文

丁宏为：《灵视与喻比：布莱克魔鬼作坊的思想意义》，《外国文学评论》2007 年第 2 期。

葛桂录：《威廉·布莱克在中国的接受》，《淮阴师范学院学报》1998 年第 2 期。

区鉽、陈尧:《威廉·布莱克与后现代主义》,《中山大学学报》(社会科学版)2008年第3期。

唐梅秀:《布莱克的反律法主义宗教伦理观——〈天堂与地狱的婚姻〉之圣经解读》,《贵州大学学报》(社会科学版)2008年第3期。

唐梅秀:《布莱克对弥尔顿的误读》,《天津外国语学院学报》2005年第6期。

杨小洪:《布莱克〈经验之歌〉的系统结构》,《外国文学评论》1996年第3期。

袁宪军:《布莱克的灵视世界》,《国外文学》1998年第1期。

曾方荣:《布莱克诗歌中的伦理思想》,《外国文学研究》2005年第6期。

后　记

我自读大学期间开始接触威廉·布莱克，最初仅仅因为兴趣。阅读过程中，除去感性上的认识之外，对这位诗人神秘的象征、神话体系感到疑惑。随后翻阅了相关的评论，看到了未来导师张德明先生的译作《天堂与地狱的婚姻》，以及专论布莱克神话体系的文章，这是最初的缘分和研究的起点。

2008年，我报考浙江大学的硕士研究生，有幸成为张德明老师的学生，开始系统学习专业批评和评论。硕士毕业之后，抱着最初的理想，继续研读博士，在导师的鼓励和建议下，定下博士论文研究对象为威廉·布莱克。我很感激张德明的帮助和指导，他之前对布莱克的研究和翻译为我的研究提供了莫大的帮助，没有这些资料作为基础，我的研究是无法顺利展开的。在他的指导和帮助下，我最终得以完成这部论著。

整部书稿的写作有些仓促，尽管在导师的敦促下已作出大量的修改，但难免还有些不如意的地方，若有观点和书写方面的疏漏与错误，还望读者多加指正。

全书的写作离不开众人的帮助。许志强老师对本书提出的意见让我受益良多。李小林老师对于写作本书时的鼓励，让我铭感难忘。学生沈安琦为我从美国带回的资料对于本书的写作大有助益。本书得以完成，是与他们的帮助和支持分不开的。

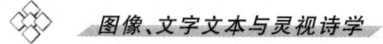

最后，还需感谢浙江传媒学院文学院的张邦卫、赵思运院长，正是在他们的鼓励和帮助下，此书才得以顺利出版。

林晓筱

2016 年 10 月 3 日，杭州